綻放年代

裏右 著

目次

專文推介

綻放的自由：從故事重返「女給」時代

——《女給時代》作者／廖怡錚

一開始注意到「女給」這個行業，是我在思考碩論題目，查找日治時期舞女資料時，偶然發現的陌生名詞。當時沒有探討女給職業的中文研究，在好奇心的驅使下，我便一頭栽進一九三〇年代臺灣的珈琲店文化、女給群像，浸泡在有關「摩登、自由戀愛、職業女性、賣春婦」等時代關鍵詞的世界之中。

拜讀《綻放年代》時，對於作者裏右以女給為主角，並以一九三五年發生在中部的后里大地震為舞台背景的設定，驚豔不已。其實，我在寫完碩論之後，便希望自己能創作一部小說，最好能被編寫為戲劇，好讓更多民眾可以理解這段歷史。然而，礙於文采和想像力的不足，始終沒勾勒出滿意的構想藍圖，遲遲未能動筆。因此，在收到《綻放年代》文稿時，實在是又驚又喜，迫不及待地一口氣讀完。十分感謝作者成功地將歷史與文學融合在一起，替我完成了多年來的夢想。於此，我只能在歷史方面盡點綿薄之力，簡單介紹日治時期臺灣的女給文化——

一九三〇年代在臺灣吹起的珈琲店風潮，與如今喝咖啡、聊是非的休憩場所不同，是帶有酒香、摩登香和女人香的處所。女給是日文「女給仕」的簡稱，也就是女服務生的意思，為一九二〇～三〇年代女性的新興職業，根據官方取締法規的定義，是在珈琲店內從事客席間陪侍、接待的女性。女給的年齡大多在十四歲至二十五歲前後，已婚、未婚的女性皆可，只是已婚者需要事先取得丈夫的同意書，不需特殊技能或學歷，可以選擇通勤或是集體住宿在珈琲店業者提供的宿舍內，收入大多倚靠顧客的小費，少數的珈琲店則會有固定底薪，或是設定獎懲制度。

原本，日本東京的珈琲店是走高級、摩登、高消費的路線，顧客多為中上階層，女給穿著白色圍裙，為顧客提供飲食服務。但是在一九二三年關東大地震過後，東京繁華地帶的銀座地區幾乎全毀，打著庶民消費、薄利多銷、情色酒香氣息的大阪地區珈琲店資本，便趁勢移入東京開設店舖，在東京市場取得一席之地，並在殖民地臺灣掀起風潮。參考總督府的官方統計資料，一九三五年臺灣有一百七十四間珈琲店，一千兩百七十九位女給，其中尚未包含臺中州、臺南州、臺東廳、花蓮港廳和澎湖廳的數字。這並不代表這些州廳轄區內沒有珈琲店和女給，因為從報紙、雜誌中，可以頻繁地看見這些地區的珈琲店廣告。由此可知，當時存在於臺灣的珈琲店和女給數量，必定較官方數字高出許多。

由於女給是當時社會上的新興職業，其職業定義和界定尚存有許多曖昧模糊的地帶，其中最讓大眾頭痛的是，「女給」一職帶有的情色性質和摩登氣息。簡單來說，女給是珈琲店的搖錢樹，提供顧客享受擬似戀愛遊戲的氛圍，吸引顧客上門，店家藉此賺取金錢，女給自己也能獲得小費。基本上，在當時社會開始喊出「自由戀愛」、「身體自由」等摩登口號的風氣之下，珈琲店內的調情等肢體接觸，是在容許範圍之內的，但是涉及肉體關係的性交易，則是違反規定的行為。話雖如此，女給為了拉攏顧客，或是有些娼妓會兼職、轉職女給，而在私底下與客人發生性關係的現象，並不少見。

舉例而言，刊登在日治時代臺灣民間報紙《三六九小報》（一九三三年六月六日）中，便有一篇仿照〈春夜宴桃李園序〉寫成的打趣詩文，題名為〈尋春序〉，便是基於當時盛行的珈琲店文化，描寫對女給的印象，字詞中多少帶著些揶揄：

> 夫女給者。租屋為逆旅。被迷者。少年之顧客。而情慾難忍。如之奈何。愛人招出夜遊。良有以也。況三更暝半之光景。大街鋪戶門已關。會女給於客館。序敦倫之樂事。倚翠偎紅。竟宵流連。興盡悲來。焉能久樂。巡警臨檢。糾纏不清。女給居留三日。營業停止半月。戒其將來。何須掛懷。約束未嚴。漏洩春光少數。

如此一來，打著新時代摩登女性旗幟的女給，依舊因為部分女給的情色交易而蒙上陰影，成為官方和民間眼中的危險對象。像是臺中州在一九三三和一九三四年分別發生警官與官吏和女給殉情、私奔的事件，引起大眾關注。此外，因女給而引發的竊盜、搶劫、情殺、誘拐、強暴等社會案件也層出不窮。官方擔心女給私下的情色交易，民眾則是懼怕自己的丈夫、兒子沉迷女給而落得散盡家財、妻離子散，甚至鋌而走險成為罪犯。

撇開情色交易的灰色地帶不談，女給之所以會成為女性的新興職業選擇，主要有以下五點吸引力：（1）不需特殊能力與學歷；（2）與珈琲店店主沒有人身買賣關係，可以自由轉職，接受他店挖角，換店工作；（3）裝扮摩登；（4）可憑自由意志，決定接受顧客調情的肢體接觸，或是拒絕顧客的毛手毛腳；（5）憑藉自身交際手腕，有賺取高額小費的可能。簡而言之，即使是出身貧寒、學歷低的年輕女性，也能夠藉由女給一職，獲得高收入的可能。在一九三五年六月六日《風月報》上，刊載了流行歌〈女給〉（廖永清作詞，陳清銀作曲，陳氏寶貴演唱）的歌詞如下：

一、青春時。花蕊期。人客看着笑微微。賢款待。有趁錢。女給最樂青春時。噯喲真歡喜啞。女給最樂青春時。

二、春天時。花開期。他人幸福過日子。佮咱比。惚輸伊。食酒快樂暝閂暝。噯喲真歡喜啞。食酒快樂暝閂暝。

三、青春期。當是時。花美免驚無人喋。十七八。人相爭。交着好客酸喃甜。噯喲真歡喜啞。交着好客酸喃甜。

除此之外，珈琲店也會承接官方聚會、團體聚餐等餐飲服務，此時女給便會穿著正式和服或是洋裝，為聚會成員端送餐點，在這些正式場合中，能趁機認識官吏、文人雅士等中上階層的男性。當然，有好客人，一定也會有居心不良的顧客，例如總是賒帳要女給代墊、白吃白喝又白摸的無賴，又或者是拐騙女給去溫泉旅館，騙財騙色後夜半脫逃等，當時在報章雜誌上甚至出現「吃女給戰術」的教戰守則，可見許多「珈琲店黨」（喜歡上珈琲店消費的人們）光顧珈琲店，是醉翁之意不在酒。

看了有關女給和珈琲店的簡要介紹，相信許多讀者會自然而然地將「女給」與戰後的「酒家女」劃上等號。有如此聯想，無可厚非，畢竟女給的工作內容之一即為陪酒。但是，一旦與既有概念劃上等號後，便很容易忽略不相容的特質，而錯失理解過去歷史原貌的機會。像是，女給在當時是遊走於前衛的職業婦女與傳統的賣春娼婦界線之間，在取締賣春和性病防治措施上，處於十分曖昧的地位；又或者是，珈琲店同時也是官方、文人、藝術家等舉辦會議、策劃展覽的公共藝文空間，並非完全屬於現代觀念中對於「酒家」這種聲色場所的認知，女給也是專業的女服務生，穿梭在會場為來賓端茶送水。此外，有些珈琲店為了提升營收，從近午時分便開始營業，推出午間套餐，這段時間內不會讓女給停留在客席陪侍。綜合上述，可以知道日治時期出現的女給職業，其實帶有多樣性、曖昧性的內涵，而不適合單以「酒家女」、「陪酒女郎」一詞來概括視之。

透過以上介紹，我希望讀者在進入《綻放年代》故事中時，能更加體會、享受到作者對於人物個性描寫的用心，裏右確實細膩地描繪出女給職業的自由度，以及各女給間的不同個性與處世風格。我相信，讀者們閱讀完這部作品後，一定更能跳脫「女給＝酒家女」的既有框架，更為細緻地去看待日治臺灣的庶民生活史。

I

一條大水圳蜿蜒穿過台中火車站的西面，水圳兩岸倚立著青翠的楊柳，這裡是台中綠川町，台中州市中心的起點。

新曆四月，氣溫不穩，春雨濕衣，日夜溫差大，氣溫在攝氏十八度到二十六度之間搖擺。摩登女郎們在這樣的日子穿著風衣外套，外套下就是單薄的春裝，蹬著尖頭跟鞋，一手提著包包，漫步在兩岸的柳樹下，剛好可以望見一棟以米白溝面磚為底的兩層樓洋房建築物。建築物占地約四十坪，樓高約五米半上下，一、二樓有同牆壁色但突出的水平橫帶，橫帶上是圓形的開窗，位於中央的主體建築較兩側高聳，大門敞開。洋樓門上掛有東方味十足的匾額，刻著漆上深棕色的華麗字體：綻放咖啡店。

迷迭香是在綻放咖啡店工作的女給，做為主打年輕女性為賣點的服務業，保持自身亮眼的外表也是重要的職業道德之一。換句話說，女給們的工作重點在於，每天精心打扮自己，在雅致的咖啡店推銷昂貴的洋酒、一邊聽著留聲機裡面悠悠的歌曲，招呼著客人，為之倒酒、聊天甚至於調情。

在昏暗的綻放咖啡店裡，正放送著唱腔高亢、節奏輕快，紅遍大街小巷的流行歌曲《跳舞時代》。迷迭香倚在吧檯旁，含著甜甜的牛奶糖，無視店內熙攘的人群，低聲跟著哼了起來。「迷迭香。」看不下去的薰衣草叫喚她一聲。迷迭香偏過頭，看著坐在一位男客人身邊，手上洋酒折射出燦爛金色光線的薰衣草。「拜託你幫我再拿一瓶酒。」

迷迭香笑瞇瞇地點點頭，踩著輕快的腳步，讓白底黑花的洋裝裙襬揚起，娉娉裹裹步向綻放二樓的倉庫。倉庫同時也是女給們的休息室，照理來說，拿酒這種簡單的事情，只要幫薰衣草和吧台後擦著杯子的酒保秀一郎講一聲，秀一郎自會幫忙，迷迭香只不過是在抓緊機會偷懶，順便刺探一下敵情。她最近耳聞，店裡總會有幾個女孩，躲在角落抱怨自己的工作態度。

「真的搞不懂為什麼經理不把迷迭香辭掉。」木槿努力地壓低聲音，還是遮掩不住她氣急敗壞的情緒，「自己的客人也不多，態度這麼差，還不飲酒！」

明明不討人喜歡卻可以無視同事的厭惡，坐穩自己的職位？迷迭香覺得這般迷人的反派角色設定有點討喜，平復了一下激動的心情，聽得津津有味。

「不飲酒，小費也拿不多啊。」鈴蘭的聲音很好認，聲調高，如果說國語，還會有一種很特殊的含糊咬字，聽起來頗惹人憐愛。可惜現在她們是用閩南語交談。

「以為自己是什麼清高的人，我感覺經理和她……」

迷迭香還想要繼續聽下去，可惜身後傳來了一陣輕輕的腳步聲。不是高跟鞋的聲音，十之八九是他們偉大的店經理隆。

迷迭香瞬間調整好表情，佯裝自己才剛到倉庫前，伸手敲了幾下倉庫門。裡面的對話戛然停止，木槿臭著臉拉開門，看到來人是迷迭香，表情更加地複雜。

「可以幫我拿幾瓶三得利嗎？」迷迭香無辜地眨眨畫著粗眼線，因而炯炯有神的大眼睛，還舉起三支纖纖細指，在鼻前晃晃。

木槿張開嘴巴，想要說些什麼，卻因為看到迷迭香身後的經理，硬生生地把話給憋回去。轉身拿了酒，塞進迷迭香懷裡。緊接著就與鈴蘭匆匆和經理打聲招呼，這才離開。

迷迭香也想仿照，目不斜視地想快點離開倉庫前，卻被隆叫住。

隆壓低聲音，「你下班後跟我回山下先生家一趟。」

這個消息瞬間打壞迷迭香的心情，她怒瞪著隆，對方卻毫無知覺地繼續說著，「今天山下先生作東請客，需要你去幫忙招呼客人。」

迷迭香對於山下先生這種把自己呼之即來、揮之即去的態度感到不悅，但也沒膽拒絕這位綻放幕後大老闆做出的決定，只能在下班後，臭著一張臉跟在隆身後，坐上前往山下家的汽車。

在前往山下家的車程，迷迭香努力地回想，自己上次看到山下先生是什麼時候呢？應該是半年前吧，她邊回溯記憶，右手忍不住地伸進左手外套袖口中，搓揉自己手腕內側的一塊燙傷，那是一塊大姆指指甲大小的新生皮膚，呈現淺粉紅色，因為浮凸於皮膚上，她老覺得它像個即將被掙破的蟲蛹，或是平整皮膚上的淺浮雕。自從燙傷後，迷迭香一直無法忽略那塊原是水泡、後成小疤的災區，漸漸地，她發現自己在心情略為焦躁時，會開始摳著那塊粉紅色的新肉。雖然常被友人罵破格，不過，壞習慣養成容易，要戒掉可比登天還難。

她記起，上次看到山下先生，還是嚴冬時節，對方穿著一件灰色的長大衣，戴著深色的帽子。

這位綻放咖啡店的老闆，年齡約莫四十歲出頭，眾人對他評語總是健談二字，天南地北從天文到地理都可以聊，事實上他卻鮮少向外人談到自己的私事，個人婚姻、財務狀況都不明，迷迭香不清楚他手上除了綻放還有什麼其他事業，但看得出來，山下先生的生活頗為富裕，目前一人獨居在市郊的外島人聚落中。

那棟日式房舍非常美麗典雅又不失新潮。雖然連它準確的所在位址都不知道，但迷迭香以前卻最喜歡在下雨時趴在雨庇的內側，伴隨著潮濕的雨水味，雨庇會散發濃濃的樟木香氣。應接室的外面則是菱形的凸窗，透過凸窗看向房外，晴天時陽光燦爛得讓迷迭香睜不開眼，畫面被切成一小塊一小塊菱形的美麗模樣，讓迷迭香停不下來，只能努力地凝望著。

ꕥꕥꕥ

在一片沉默中，迷迭香自顧自地陷入對過去的沉思，很快便到達了目的地。意識被拉回現實後，四周不見燦爛的陽光，只剩下微弱的家用燈光，她發覺自己餓了，或許是中餐沒有吃的緣故，連下車的腳步都差點踏不穩。

目光穿過庭院後，迷迭香和隆的視線同時投注到房舍最左邊的和室，和室的門左右敞開著，山下先生坐在門內，身披一件隨性的外袍，悠悠閒閒向他們招招手，「辛苦你們了。」跟一般對外島男人粗獷、總是板著一張臉的刻板印象不同，山下先生的外表非常帥氣，五官立體，臉型的長短剛好，有著尖尖的下巴，修得一絲不苟的小髭，窄臉也不會顯得太瘦弱，因為年紀的關係，笑起來眼尾淺淺的魚尾紋，配上他溫和、常年掛在臉上的笑容，讓他看起來更具親和力。

「隆跟你說過了吧。」山下先生看向迷迭香時的表情並無任何的轉變，掛著一貫的笑容，「今天我會跟秉燭居的老闆吃飯，打打麻雀。」

「隆先生和我說是一位畫家先生。」迷迭香聽到了自己的聲音，意外地很平靜，今天像是再平常不過的一天。

「你稱呼他為李先生就可以了。」這時門口傳來了一點躁動聲，看來是李先生到了，「好啦，我們會先聊聊，等一下聽到聲音，你再進來送餐吧。」山下先生起身，攏攏衣服，「我就先去招待客人囉。」

「我會先幫你送食物的，你先吃一點飯。」隆這麼說完後，也跟在山下先生的身後，走出和室。

迷迭香忍不住感激地看了隆一眼，雖然對方沒有注意到。

這也是自己的工作內容之一，幫忙山下先生招待私下的客人，使山下先生在業務方面的談判順利不少。

兩人離開後，負責粗活的本島人幫傭為自己送來了食物。用餐同時，在剩下一個人的房間中，迷迭香不免自我質疑，自己是不是打從心底沒救了，不然為什麼不敢多踏出一步，改變現狀，話又說回來，該如何改變？如果離開了綻放，離開了山下先生舒適的飼養圈，自己又該何去何從呢？

一邊龜速嚼著食物，她開始聽到了搓牌碰撞的聲音。山下先生並不嗜玩麻雀，看來是配合著對方的興趣，玩家有誰呢？山下先生對藝文界的涉獵又有多少？之前分明沒有見他交往過藝文界的人士。她知道畫家的身價不低，但山下先生討好一位畫家做什麼？

問題沒有解答，飯也吃完了，迷迭香只得站起身，在步入客廳之前，先進入廚房。洗手準備，開始為男士們倒茶、遞小菜。

廚房只有一名見過幾次面，並不熟悉的本島籍幫傭。迷迭香在洗手之餘，跟她小聊幾句，因而得知，外間的麻雀桌前除了有隆和山下之外，還有一位林記者，再來就是神祕的客人李先生，更準確來說是李賀東先生。

那位林記者常進出山下家，幫傭見過幾次。而這位李賀東先生則是新角色，似乎還是位重要人士，山下先生靠著林記者的牽線，百般邀約，好不容易才請到李先生抽空見一次面。

迷迭香聽到這番話，對這位畫家先生更加好奇。藉著為男士們送小菜的機會，不著痕跡地打量了李賀東幾眼。

老實說，跟成熟魅力十足的山下先生、還有五官秀麗的隆相比，李賀東的外表顯然沒這麼出色，鼻頭還架著一副細圓框眼鏡。他坐在牌桌前，沉默專心地打著麻雀，目光總低垂關注著手中的牌，隔著一層鏡片，看不清他的眼神。相較於侃侃而談的其他三人，要不是提前知道這次聚會中低調不起眼的李賀東是主角，迷迭香簡直以為他只是來湊個數的背景。

這次的聚會難得，山下先生看來不願意放過李賀東。他先是問林記者，最近的樟腦寮行情怎麼樣，等林記者滔滔不絕幾分後，話題便轉至李賀東。山下先生轉頭問，「李先生覺得怎麼樣呢？」

可惜李賀東並不賞臉，使用了眾多「我不清楚。」「不敢狂言。」或是「這事可得問專家。」等等句子結束各式話題。

「李先生可真謙虛。」隆見話題進展不下去，連忙接話，「您不是專家，還有誰可以稱做專家。」

迷迭香實在對他們的聊天內容毫無興趣，在她心中，也從來不覺得這一百多張牌排過來排過去的遊戲有任何迷人之處，她窩在牆角的坐墊上，偷打一個無聲哈欠，順便瞄了一眼掛在牆上的時鐘——凌晨三點半上下。

天啊，不明白這麼無聊的聚會憑什麼剝奪了自己睡覺的時間。

就在迷迭香第三次偷偷擦掉自己因打哈欠而流出的眼淚時，牌桌似乎剛好結束一局，或許是有人表示累了，山下於是要隆把牌桌收起，並遣迷迭香去廚房拿酒和小菜，讓他們可以心無旁騖地好好聊聊。

迷迭香拿來三瓶昂貴的洋酒，在將玻璃杯放在客人面前時，她抬頭看了李賀東一眼。

他看來疲憊不堪，一手撐著額頭，眼睛帶著血絲。迷迭香的同情油然而生，這位先生一定也很想要休息吧，可惜山下先生緊咬不放，招呼著眾人繼續喝酒。

凌晨時分，幫傭早已結束了工作，離開山下家，剩下迷迭香一人孤軍在廚房奮戰，為客廳的客人準備下酒小菜。她並不熟悉廚房的擺設，光是一罐醃菜就毫無頭緒地找了十多分鐘。就在終於把裝有醃菜的陶罐搬出時，隆剛好走進廚房洗手。

迷迭香看隆似乎有些酒意，趁機問了李賀東的背景。隆當場沒多想，抽出手巾漫不經心地回答，「你知道秉燭居嗎？從綻放往火車站方向，步行不到三分鐘左右的一家裱畫店。那位便是秉燭居的老闆。」

雖然名義上仍是傳統的裱畫店，但在現代化的浪潮、殖民政府強力輸入新式教育和資本市場的現狀下，所謂的裱畫店並不只提供裱畫的業務服務，更有畫家將畫作展覽在店中，以供買賣訂貨或是聯絡服務。傳統的裱畫店，搖身一變轉型為一個個小型的藝術交易所。

「完全沒注意過，原來是鄰居啊。」迷迭香疑惑地皺起臉，「山下先生想要買畫？」

「買畫當然只是名義上。」隆失笑，「那位還是豐原信用組合的監事呢。山下先生對他手上一些產業有興趣，好不容易讓林記者牽線，見到李先生一面。」

畢竟也是在社會上工作過幾年，迷迭香馬上瞭然，聽他們先前的對話，應該是對李賀東手上的幾個樟腦寮有興趣才對。她腦筋一轉，又問，「還這麼年輕，就算是手頭有產業，也得問過家族的家長，山下先生只約了李先生一人，難不成李先生能完全作主手下的產業。」

這麼明顯的套話，讓隆的腦袋一下子清醒不少。他瞪著迷迭香，僵硬地反問，「你問這麼多幹嘛？做好你該做的工作就好，不需要知道這麼多。」

看到隆緊戒的模樣，迷迭香頓時覺得身體的疲勞壓力減少許多，她對隆露出一個燦爛的笑容，「實不相瞞，我最近想談場戀愛，想多物色一下戀愛的對象。」

因為喝了酒，隆的反應明顯減慢不少，愣幾秒才吐出一句輕斥，「不要亂說話！」

迷迭香無謂地聳聳肩，把醬菜小心翼翼地夾到盤上。

隆侷促地在原地猶豫幾秒，又拋下一句，「我看你頭腦被灌水泥了才會亂說話。」接著匆匆離開。

迷迭香沒抬頭，看似專注於眼前的工作，只在心中冷笑一聲。她可沒說謊，最近自己可真是認真地在面試各色戀人。

因為李先生不鬆口、山下先生便不鬆手，幾人迂迴地喝了幾輪酒。喝到迷迭香頭隱隱作痛，受不了菸酒味，還出去室外吹吹冷風，回來後幾人仍舊維持著十分鐘前的動作，毫無進展可言。

迷迭香實在很想要大步走到眾人之中，逼迫幾人開誠布公，打開天窗說亮話：「其實買畫和林先生只是接近你的手段，人家是對你的樟腦寮感興趣！」然後對方也準確地回答：賣或者不賣，這件事情不就完結了嗎？何苦在這裡試探來試探去的？

❀❀❀

清晨五點多，第一個撐不下去的人是隆，在眾人低聲交談的公開場合下，他一手扶著臉，似乎淺淺地睡去了。

山下先生的笑臉終於也有些掛不住的意味，只好要迷迭香領著李賀東前去客房休息。漫長的一天終於結束了！迷迭香此時的心中歡欣鼓舞，但歷經一整天上班又無故加班到現在的現實摧殘，她只覺得站起身一陣頭暈，連回答「是的」的聲音都顯得微弱。

迷迭香勉強站直身，李賀東卻搖搖晃晃地站到自己身邊。秉持著這位是難得遇見的高枝，值得親近，她伸手扶住了李先生，湊近一聞，還都是酒味。山下先生這次的聚會不算成功，折損了一個夜晚的休息時間跟多瓶昂貴洋酒，李賀東都醉成這樣，居然也沒有從他口袋中撬出一分一毫。

她扶著李賀東奮力前進，走了幾步後，李賀東突然咕噥著要上廁所。迷迭香只得轉換方向，先帶他去廁所。

沒想到，因為避嫌，她在相隔一公尺處等候，一個不留神，李賀東居然消失不見了。迷迭香心中咒罵著醉鬼最難預測，另一方面還是在他應經過的路線上搜索。果然被她發現他躺在一間客房的榻榻米上，半身在外，只有胸口以上躺在房間內，臉上的眼鏡都沒拔，歪歪斜斜地架在鼻梁上。

迷迭香決定不吵醒他，只把他拉回房間內，李賀東半醒了一下，愧疚地說聲抱歉，然後自己笨拙地坐起，朝房裡移進。迷迭香決定先幫他鋪上被褥，為了防範他再次滾出門，還先將房門拉上。

李賀東一倒在褥上，再度飛快陷入昏睡。迷迭香心中覺得無奈，卻仍得先幫他把被蓋好。就在自己跪坐在榻榻米上整理枕頭的同時，整個世界突然搖動起來。

地震！

迷迭香手邊的油燈瞬間翻倒，還好她眼明手快，將火熄滅，免得榻榻米著火。

李賀東也在幾秒後跟著驚醒，發現自己陷在一個天搖地動的世界。

身為土生土長的台灣人，地震並不是很罕見的經驗，迷迭香一開始只坐在原地，不敢輕舉妄動，感受著這次的撼動，卻覺得有點不對勁，糟糕，搖動的幅度很大，或許是大地震。

她艱難地站起來，黑暗中摸索至門邊，用盡力氣想要拉開拉門，無奈反應得太慢，門框已經因為地震的力道而變形，迷迭香用盡力氣怎麼拉就是拉不開。

這時，突然一隻手從自己身後伸出，一把攫住了門。

迷迭香嚇了一跳，伴隨著地震的晃動，差點摔到地上，還好被身後的人扶住。

「女給小姐還好吧？」那人一把扶住自己，一手撐著門。他一張開嘴，濃濃的酒味竄進迷迭香的鼻腔。

「李賀東先生才是，還可以嗎？」她想到了自己至少還有一位同伴，看來現在得快跟李賀東合作，才能脫困，「我們先一起拉開門。」

除了重物摔到地上的聲音，也開始傳來尖叫聲和小孩的哭鬧聲，伴隨著狗隻的吠嚎，讓迷迭香的心中越來越焦急。

「等一下一起用力拉。」李賀東深吸了一口氣，「預備，拉。」

迷迭香和李賀東同時用盡力氣扯著拉門，無果。一個更大的震波襲來，迷迭香一時沒站穩，這次就真的摔到地上了，手腕也因為用力過猛而隱隱作痛。

不知道是因為黑暗還是焦急，迷迭香覺得什麼都看不見，李賀東倒是很冷靜，「門是拉不開的，我們先找找可以保護頭部的東西。」

但禍不單行，在他們半蹲著，扶著牆走了幾步後，李賀東卻從身後用力地熊抱了迷迭香一把，迷迭香不支李賀東的體重，再度摔倒同時，聽到了幾聲重物砸碰的聲音。

「你有被留聲機砸到嗎？」

原來剛剛是留聲機。迷迭香驚恐地看了一眼落到自己腳邊的留聲機黑影。等等，剛剛的聲音不只單純是砸到地面的聲音。

「李先生？李先生被砸到了嗎？」手忙腳亂的迷迭香胡亂摸索著，「會暈嗎？」

對方放開了她，跌坐在地上，「……還好，我們繼續走吧。」

她看不清楚李賀東的表情，能肯定的是，他在逞強。晃動的感覺終於停止了，估計扶著他自己也跑不掉，但就這樣將他丟在這裡也無功災情，迷迭香決定先安頓下兩人，等待救援。他們緩慢地轉移到剛鋪好的被褥上，她想著剛剛李賀東應該平穩地睡在這被上，沒想到下一秒就遇上了地震，頭還被留聲機砸破一個洞，造化弄人啊。

迷迭香扶著李賀東，覺得李賀東的體重越來越重，索性就此坐下，用枕頭保護著兩人的頭部，再脫下外套，摸索一番，裹住兩人的後腦勺。

「現在感覺怎麼樣了？」一邊把有厚度的被褥拉到他們頭頂，迷迭香一邊問。

「有點想吐。」

「如果真的想吐就吐出來，不要忍著。」她在心中暗暗乞求李賀東是因為飲酒想吐，而不是因為剛剛的撞擊。房內的檜木衣櫃因地震而傾斜靠著穩重的矮櫃，正巧形成了一個遮蔽空間，兩人躲在其下，用被褥和枕頭保護著頭部，迷迭香雖然心慌卻試著給李賀東一些支持，「我們不要睡著了，再過一下，絕對會有人來救我們的。」

李賀東點點頭，接過迷迭香的外套一角，讓她因高舉而隱隱發痠的手臂可以放下休息。他看起來有點累，垂著頭，迷迭香不知怎麼著，突然擔心起李賀東會不會睡著，睡著了會不會再也醒不來這樣不吉利的事情。不要太擔心，只是個小傷口而已，雖然傷口位於頭上……外面混亂的雜音只有更大，毫無減弱跡象，迷迭香深吸一口氣，假裝自己沒有聽到，「我們來講講話吧，保持清醒。」並且率先提出了交流的建議。

李賀東淺淺地、稍嫌虛弱地笑笑，「不要太擔心，只是小傷口。」他看來奮力想要緩和對方的情緒，「況且被留聲機砸，倒也算是個頗有文藝氣息的意外。」

「如果真的太不舒服請一定要跟我說。」迷迭香其實也不知道跟自己說，能對事態有什麼幫助，只是單純地不希望對方逞強。

李賀東沉默了幾秒，迷迭香想他應該是笑了一下，「雖然現在說這個有點不合時宜，但我還是先自我介紹一下好了。」

「山下先生有介紹過，是名畫家先生。」

「我是豐原人，想必你知道秉燭居吧。」李賀東努力地想要緩解情緒，「勉強還算是你的鄰居。」

「叫我迷迭香就好。」迷迭香簡單報上名字。

兩人在黑暗中相對無語。

困在這十疊左右的房間，還因為地震兩人被迫擠在檜木衣櫃遮蔽的小空間之中，看不清對方的模樣，卻可以聽到呼吸的聲音，李賀東帶著酒氣溫熱的呼吸吐在迷迭香臉上，讓她不自在。

但現在的情況也不容迷迭香再嬌氣，她努力忍住聞到食物、酒和空氣中揚起灰塵的濁氣混雜，所產生的反胃生理反應，試圖想要緩和氣氛，「說到留聲機，之前，電影院曾經主打播出有聲電影，結果我和友人去了才發現被騙了。」

「我猜猜。」李賀東回應著話題，「結果電影只不過是用留聲機同時播音而已是嗎？」

「李先生怎麼知道？」迷迭香乾笑幾聲，「我和朋友好生氣，覺得被騙了。」

「有一陣子很常發生呢，類似事件。」這時門外突然傳來一個女人家淒厲的尖叫聲，李賀東停頓了三秒，好像沒有聽到般，平靜地繼續著話題，「但是最近好像沒有再聽到類似的事情了。」

迷迭香搓搓手心裡面的汗，強裝鎮定地想要笑幾聲，來表示自己對於李先生努力接話的感謝，喉嚨卻一陣緊，一點聲音都發不出來。後者也隨著自己，沉默了起來。外面的聲音穿透石瓦刺進兩人的耳膜。慌張的，緊急的，叫喚的，哭喊的。一團糟的畫面，出現在迷迭香一團糟的腦子裡，導致了一團糟的心情。

第一波強震後的半小時左右，又迎來一場天地撼動，長達二十多秒的餘震，她感覺到有重物摔到他們身上，雖然有堅硬櫃子的保護、枕頭和被褥的隔絕，不會疼痛，但光聽到東西摔下的聲音，仍舊讓迷迭香嚇得要掉出眼淚，她摳著自己手腕上的疤，感受木板和瓦片漸漸堆疊在他們的身上，在被褥下的幽黑狹小空間中，漸漸地，呼吸越來越困難。

「迷迭香小姐。」李賀東又說話了，「不要哭，平穩一下呼吸。」雖然看起來並不好受，但李賀東的聲音很平穩，似乎想要讓迷迭香相信這只是個尋常的清晨一般。

她兩手壓住自己的嘴巴，試圖平順一下呼吸節奏，至少不要讓李先生感到煩心，眼淚還是不爭氣地撲簌撲簌滾落。

穿過建築物碎片的雜音——尖叫聲、小孩的哭鬧聲，黑暗且狹小的空間都讓她害怕。

「……地震也不罕見。大家平時都有所準備，不用太過緊張。」李賀東一而再再而三地出聲安慰眼前的女孩。迷迭香在建築物碎片下的黑暗中，看不清眼前人的表情，但是他的聲音很好聽，低沉溫柔，甚至有點飄渺。迷迭香的腦子裡出現了令自己也不敢相信的艱澀詞彙，來形容畫家的聲音。頃刻間她突然驚覺到「飄渺」這個詞，在現時現地的場景裡，並不算是一個理想的詞彙。

「李先生呢？頭還會暈吧？」你應該不會死掉吧？迷迭香想到自己可能要和一具屍體待在一個空間，就不寒而慄。她承認自己一直是一個自私的人，相較於一位只有一面之緣畫家的生死，更在意的是自己的情況。

「還好。你不用緊張。」畫家一點都沒發現迷迭香的九曲心腸，柔聲地回應她。接著是沉默。連餘震都大約停止了，迷迭香把自己縮在小小的，被褥和枕頭做出的空間，抿抿乾渴的嘴唇，小心翼翼等待救援。

很快地，救援來了。當外面傳來一陣陣吆喝，迷迭香率先尖叫了起來，讓外人可以發現他們。

當瓦礫被拉開的那一瞬間，迷迭香自己掀開了枕頭和被褥，微弱的光線刺入已習慣黑暗的虹膜，迷迭香艱難地眨眨眼，原來已經是白晝了。

接著她注意到了布匹上的血跡，血量雖不多，但是畢竟來源處是頭部。畫家的表情看起來很疲累，嘴唇和臉色幾乎死白，幫忙的男人們連忙上前把畫家半扶半扛出去。

ꕥꕥꕥ

還有其他傷勢更重的患者占據了有遮陽的休息空間，迷迭香和李賀東只好坐在露天的斷垣殘壁上。

兩人沉默地啜飲著旁人為他們送上的清水。

還有更多的人需要幫助，於是救援他們出來的壯丁團男人們沒有久待，和他們交代了遠處似乎有人在煮番薯湯，可以去要一碗來吃後，旋即離開。

迷迭香在人群雜沓下喝完了水，呆坐幾分鐘後，瞄了一眼坐在身邊的李賀東。李賀東額上的傷口還沒包紮，是一塊大約三塊指甲片大小的淺傷，在眼前這個狀況下不算危急。他手撐在膝蓋上，弓曲著背，面無表情。因為鏡片弄髒弄破了，他把眼鏡拿在手上，露出一雙狹長的單眼皮眼睛，現正渙散地看著自己骨節分明的手掌，李賀東下巴形狀優美、鼻的大小剛好但鼻翼單薄、額頭窄，且沾滿了血汙和汗水，髮絲便因為黏膩的汗水和血汙而一縷縷貼在額上。

反正外套已經沾了血和灰，迷迭香念在李賀東為自己阻擋了留聲機重擊的恩情，便打算將外套捐獻出去，給李賀東擦擦汗，「李先生現在還會暈或是想吐嗎？」

李賀東遲緩地轉過頭，有點勉強地回答不會。接下她的外套後，顯得有些難為情，直說不用，然後又用自己沾滿塵土的衣袖擦擦汗。

這一位紳士的處境實在令人同情。迷迭香決定親自去為他端一碗番薯好了，吃些東西，有些力氣，才不至於如此虛弱。

畢竟受傷者眾，迷迭香只分到了一小碗的番薯湯。她端詳一會碗裡的東西，說是番薯湯不如說是番薯水，但現在又渴又累，能分得一碗這樣的食物，已經很感激。她決定等一下自己偷喝幾口湯就好，番薯可以給比較虛弱的李賀東吃。

捧著番薯湯走回牆壁處，她發現李賀東的身邊，多出兩個人影：一名是隆，另外則是昨晚的另一位客人，林記者。

迷迭香想到自己現在衣著不整，頭髮凌亂甚至還光著腳，只是拘謹地點點頭。

家教使然，疲憊的李賀東露出一個勉強的笑容，伸出還有些顫抖的手示意，「林記者有受傷嗎？」

「沒事沒事。」記者的臉色有些慘白，閃爍不安的眼睛鑲在他那張枯瘦的臉上，帽子下散落了幾縷稀疏的捲髮掛在額前，使他看起來神經兮兮，又或許是站在外貌俊秀的隆旁邊，讓自己顯得土里土氣的。「李先生也沒事真是萬幸。」他也伸手，重重地握住李賀東的右手。

「李先生，真抱歉，我得留下來陪山下先生。」在這場災難過後，隆的神情看來與往常無異，只是頭髮和衣著略顯凌亂，如果將這片狼藉的背景換掉，或許沒有人會發現隆剛剛也和他們一樣，經歷了一場大地震。迷迭香看了他一眼，狼狽的劫後餘生之餘，不得不贊嘆隆強大的應變能力，「我拜託了林記者，他會駕報社的車載你回豐原。」

回豐原？啊，對了，李賀東先生是豐原出身的。

「方便嗎？」李賀東詢問，「會不會太麻煩林記者。」

「我也要去豐原看看狀況，不麻煩。」李賀東聽他這麼說，才感激地點點頭。

「至於……迷迭香。」

「不好意思。」迷迭香舉起手，打斷了隆的發言。隆揚揚眉，看著窩在斷垣殘壁上的迷迭香，「我可不可以跟著李先生先去一趟豐原。」

「……不先回綻放嗎？」隆遲疑一下，卻也沒有直接拒絕迷迭香的要求。

「嗯，那個，我陪李先生回豐原後，再回綻放好了。」

李賀東顯得很詫異，「我的傷還好。」他以為迷迭香是太過擔心自己的傷勢，於是決定要送自己回家，「再麻煩迷迭香小姐，我會感到很抱歉的。」

「啊……不是的。」迷迭香發現李賀東誤會了，有點尷尬。

「迷迭香小姐老家在附近。」隆幫她接話，「應該是想要回家看看狀況，只是不知道林記者和李先生方不方便讓她同行。」

「在上南街一帶。」迷迭香懇求，「如果方便，拜託載我一程。」

李賀東知道自己誤會了，臉頰有點脹紅。林記者倒是一口答應，「啊，當然啊。舉手之勞而已。」

隆看了一眼迷迭香捧著的番薯湯，「那等迷迭香吃完就趕緊上路吧。李先生的家人一定很焦急。」

「這是我為李先生拿的。」迷迭香將碗放到李賀東的手裡，想到可以回豐原一趟，她也希望能夠儘早上路，「李先生吃吧。」

李賀東的尷尬表情未消，「迷迭香小姐吃吧，是你去排隊拿的。」

迷迭香以李賀東傷勢嚴重為推託。「李先生先吃吧。」就在兩個人僵持不下時，林記者抹了抹額頭，催促著他們。同時有點擔心緊張地四處張望，「我們趕著上路呢，聽說豐原、內庄那邊的災情嚴重得多了。」

❀❀❀

這場地震發生在清晨六點，幾個小時前的事情。但坐在車裡，朝窗外察看不免帶點旁觀的角度，回想起數小時前的恐懼，感覺已經是好久以前的事情。

在前往豐原街的路上，由於水管破裂，有些昨天還在使用的道路整條浸沒在骯髒的水中，電線桿也東倒西歪地交疊倒塌。原為住家密集的地區化為一片廢墟，鍋子、日常用品四處散落。

之前可容車子通過的大道因為散落殘垣斷瓦的關係，變成了幾人寬的步行小道。車子只好在車子可通行的道路盡頭停下。在迷迭香下車地點的不遠處，有五、六名死者，頭蓋骨破碎地倒在路邊，四散的腦漿、沾黏著毛髮的瓦片，在太陽的曝曬下，彷彿蔓延著不祥的味道。迷迭香一手撐著汽車，覺得似乎有些暈眩。

站在自己身旁的李賀東此時眼明手快地扶住了她。迷迭香覺得有些難堪，認識不久，卻已經被李賀東攙扶多次，一定是因為自己太脆弱的關係。

三人步行前往位在頂街的李家，才前進不到十分鐘，便看到一名男子壓著帽子，向他們的方向跑來。

「東先生！」他緊張地跑到了他們身邊，「還好您沒事！」

「仰，這位是救了我一命的迷迭香小姐。這位是林記者。」

說是救命實在稍嫌誇大了吧？迷迭香卻也只能接受仰對自己感激的脫帽致意，「真是太謝謝你們了。」

「現在的狀況怎麼樣了？」

「厝裡塌了一半，有八個人死亡。興先生和老爺夫人沒事。」

林記者這時已經掏出了筆，一手拿著隨身的記事本，隨著仰說的話，急忙地記錄著。

「街上情況呢？」

「全在武德殿或學校中避難。傷亡還不清楚，正在搶救中。」

「我們去看一下狀況。」

「那小姐……」仰有點遲疑要不要帶迷迭香回祖厝休息，不確定李賀東口中的我們有沒有包含迷迭香。

「方向一樣，我和先生們一起行動吧。」

「這位小姐要回上南街。」李賀東為她解釋，仰點點頭，表示瞭解。

一般來說，台灣人對亡人非常厚禮，最普通的喪禮也須由八個人抬轎，但現在卻由拖板車充當運裝屍體的工具。警察、壯丁十數名從倒塌房舍中拿著圓鍬或是徒手，一點一點地挖掘，讓屍體逐漸露出空氣中，最後拖出遭壓死的受難者。被拖出的屍體連長相也分辨不出，每挖一間大約須耗費一小時。

迷迭香好久沒有回家鄉了，她不認得這個地方，在自己記憶中的街景，絕對不是這般滿目瘡痍的模樣。李賀東一行人在頂街停下了腳步，迷迭香見他們到達目的地後有些驚愕，頂街是豐原火車站所在地，是條熱鬧的街市，怎麼成了這般樣子，那自己印象中的老家又成了什麼樣子呢？

在林記者離開他們，先去保正家探狀況後，李賀東好心問她要不要差人陪她回上南，迷迭香無法戰勝心中的恐懼，吱吱嗚嗚回答不出個所以然。

李賀東見迷迭香踟躕，同情地皺起眉，好意提議，「我陪你回上南街走一趟吧。」身後的仰驚訝地抬眼看他，不贊同地插嘴，「老厝裡面可能……」

「沒關係，走過去也不到一小時。」他看迷迭香手足失措，仰也不贊同，有些煩躁，邁步就往上南街方向走去。

迷迭香看他髒兮兮還未更衣的背影，連忙追上，「您的傷……」

「沒事。」李賀東堅定地回答，「我先陪你回去一趟。」

迷迭香從十歲以後就沒有再回過豐原，也與老家斷了聯繫，雖然理智上知道它是家鄉，但事實上步行於此，陌生感居多。迷迭香沒有找到老家的路，李賀東也沒有多問，只是陪她一路無語前行。

她還未找到到底該往哪走，就有一名李賀東的故人大聲地喊叫一聲，「賀東！你回厝裡看狀況了嗎？」

李賀東回答沒有，對方便著急地要他與自己同行，去頂街看看傷亡者。

迷迭香轉頭，果不其然看到李賀東為難地皺起眉。她不希望他遷就自己，於是順著對方的話，要李賀東先離開，「您先回去吧。」

李賀東再三猶豫，交代她探完狀況，一定要回頂街，讓林記者將她送回綻放咖啡店。

在迷迭香保證一定會注意自己安全後，李賀東才和故人離開。

她四處張望，皆是互相扶持的瘡痍模樣。迷迭香心中暗暗反悔，還是不要回老家好了，畢竟也不清楚家中現在的狀況，她再回去也是添亂。於是在滿是傷患休息的公園幫了一下忙，人潮不再湧現後，迷迭香悄悄離開了臨時搭建的醫院，佇立在散落生活用品和磚瓦的街道上發呆，直到覺得身邊的傷患增多，空間漸漸壅塞後，才輕飄飄地返回李先生和林記者所在的頂街。

李賀東已經換了一套衣物，挫傷也包紮完備。他站在街旁，正跟林記者說話，一看到她便呼叫一聲，「迷迭香小姐！」

迷迭香發現他的表情有點微妙，擔憂中帶著一點難為情和尷尬，他跟自己說，「晚上林記者會送你回綠川町。」

她覺得自己很平靜，也沒有暈眩，精神狀況甚至比來豐原之前好得許多。「好的，謝謝。」原來不用讚嘆隆，自己也做得到如此冷靜，「李先生……怎麼知道我要回綠川町。」

「迷迭香小姐不是綻放咖啡店的女給嗎？應該急著回去看看咖啡店的狀況吧。」李賀東理所當然地回答。

迷迭香覺得記憶有些混亂，口條卻仍非常清晰，有條不紊地問，「那李先生呢？」

「我留在頂街，等事情告一段落，才會離開。」

李賀東實在是個很貼心的人，見迷迭香沒有要開口的意思，他也沒有追問迷迭香家裡在地震後的狀況。他只是逡巡一番，鼓起勇氣詢問她，「你隨我回家一趟，洗個腳，我家有女鞋可以暫時給你穿。」

原來我沒穿鞋，迷迭香低下頭，發現自己的腳已經遍體鱗傷。腳背上全是刮痕，指甲破碎，更別提現在痛得要命的腳掌了。「好的，謝謝李先生的好意。」

「哪裡。」李賀東拘謹地回答，「我才要謝謝你在地震時的幫助。」

迷迭香轉過身，收回眺望殘破街道的眼神，「災難時刻互相幫助是應該的。」

「我剛剛居然沒有發現你腳受傷。」李賀東一邊說著，一邊露出自責的表情。

迷迭香這才後知後覺為什麼李賀東剛剛的表情如此複雜，她尷尬地後退一步，試圖將左腳藏在右腳後，「只是赤腳，我沒關係的。」

李賀東看著侷促不安的迷迭香，誠懇地說，「之後如果需要我幫助，請迷迭香小姐不要客氣。」

✲✲✲

洗完腳後，迷迭香不只穿走了李家的鞋，李賀東還貼心地為她披上一件外套。

回綠川町的路上，車上只剩下林記者和迷迭香兩人，氣氛頗為拘束。林記者試圖想要找話題，問了一句，「迷迭香小姐的親友還好嗎？」

她一時不知如何掩飾，隨口胡言，「太久沒有回來，都找不到路了。」

見她一副不想要深談的態度，林記者自然收起攀談的心，至此以後，直到駛至綠川町，兩位再也沒有交談。

迷迭香在一片沉默下，只得將眼神放在夕陽西下的窗外，她驀然感到異常疲累，忍不住在心裡抱怨今天真是冗長的一天。

市區內木頭和磚塊散落在路上，民眾們匆忙地走避或是救助傷患，聽說因為正值早餐炊飯時間，地震後發生了不少起小火災，好在已經撲滅。好不容易來到了自己熟悉的街道，磚造的房子大多塌陷了一方。回到綻放，只見綻放門牌傾毀，窗戶玻璃碎裂，災情相較來說還算輕微。女給們、秀一郎和一群常客聚集在店裡。

迷迭香雖然和大家交情不深，但災難過後，此刻對彼此的擔心卻不虛假，她也趕緊問，「寮裡的大家沒事嗎？」綻放的福利在台中眾咖啡店中獨樹一格地好。她有聽過完全沒有支薪，女給們就只靠小費過活的咖啡店。但在綻放中的女給不僅享有底薪，為求省錢及好管理，還可住在靠近咖啡店的宿舍中，大家於是直接稱呼那棟簡易的木造建築為「綻放寮」。

「大家逃得很快，只有一點小傷。」薰衣草回答。另一名女給鈴蘭怯生生地接話，「只是房子有一點損壞……」

迷迭香這麼一聽，心中暗叫不妙，自己可沒有負擔房屋修理的經濟條件。雖然李賀東才剛在半天前承諾會幫助自己，她當時可是毫無反應。早知道或許需要借錢，那時就應該要表示感激涕零一番。

還好秀一郎最後說，房子的狀況經理絕對會和山下先生說明的。於此店裡應該可以支付維修費，女孩們不用太擔心。

在眾人交談之際，薰衣草湊到了自己的身邊，迷迭香感覺到有人塞了一塊小東西到自己的手心中。她瞄了一眼，是塊自己最喜歡的森永牛奶糖。

頓時，她覺得眼眶有點酸澀。

「昨天嚇傻了吧。」薰衣草依靠在自己身邊，竊竊私語，「來顆糖給你壓驚。」少數幾名友人之一的薰衣草，一向以風趣著稱，尤其今日，迷迭香實在被她的貼心知趣深深感動。

當每個人都跟她說：你不在我好擔心。只有薰衣草知道她一個人流浪在綻放以外的不安。「謝謝你。」她捏著牛奶糖，誠摯道謝。

「有灑香灰的，收驚肯定靈驗。」薰衣草笨拙地拍拍她的頭，「這條街大部分是磚造建築，大多都只有傾斜，沒有倒塌，也沒有火災。」薰衣草試圖想要緩和這般緊張的情緒，「算是很幸運的了。」

迷迭香猶豫一下，追問，「我們附近是不是有一家裱畫店？秉燭居？」

「裱畫店嗎？對街有一家，但我不確定它是不是這個名字。」薰衣草沒有多想，馬上回答，「對街那間裱畫店還算完好，連門都還好好地鑲在牆上。話說那家裱畫店沒有什麼客人吧，都不知道有沒有在營運。」

迷迭香向薰衣草解釋，自己昨天的去處，順便介紹了這位秉燭居的老闆一番。

「是裱畫店老闆？」薰衣草咋舌。雖然客人看來也不多，依照薰衣草所言，店前總是清冷。但據說只要是稍有名望的畫家，畫作的定價可以高達幾百元，更別提有台展加分的知名畫家，對女給這種一次拿一元兩元小費的職業比起來，畫作簡直是天價，也難怪裱畫店看來客人不多，建物也不如綻放精美，這兩年來卻始終屹立於這條街上。

「真的感謝李賀東先生。」迷迭香發自內心地說，「我才能活著回綻放。」

薰衣草皺起鼻子，詭異地盯著迷迭香。

迷迭香被薰衣草的視線盯得渾身不自在，揚揚眉，「你似乎有話想說？」

「你上次不是在說，要認真來談一場戀愛了？」薰衣草嘖嘖幾聲，「天公怎麼這麼照顧你，馬上把一個客觀主觀都不錯的對象送到你面前。」

迷迭香愣了一下，這件事她昨天還跟隆提過，但馬上迎來一個大地震，讓她還來不及履行自己要勾引李賀東的野心。

「要好好把握啊。」薰衣草重重拍拍迷迭香的肩膀，哼哼冷笑。

外表不差、身家雄厚、昨天又證明人品不錯，照迷迭香現在的處境來說，確實是上天送到嘴邊的肥肉，不努力去吃看都對不起自己。但經過昨天的相互扶持，反而讓迷迭香心中的疑惑不捨增生不少，她摳著手上的舊疤新肉，心想著如果真的是個這麼好的人，照著原本的計畫，費盡心思地接近他，是否算是心懷不軌？

當天晚上，因為害怕餘震，加上寮裡的建築損毀，眾人只是趴在綻放的桌上，或拉三張椅子，權充窄小的床，縮在咖啡廳裡過夜。迷迭香這時才發現，雖然平常總是嫌棄綻放是多麼勾心鬥角，無法給人歸屬感的團體，不管喜不喜歡，熟悉的人事物總是讓自己最心安。

一群女孩就這樣無聲地縮在店中，有人睡睡醒醒，有人一夜無眠。迷迭香就算含著甜甜的牛奶糖，仍覺得風聲鶴唳、草木皆兵。

「聽說這次地震動用了第二預備金，軍隊也出動了呢。」

「這麼嚴重？」

「鄉下比較嚴重，啊，還有說女性死傷率比較高。」

「報紙說死了三千多人。」

迷迭香嚇了一跳，瞪著將一份《日日新報》推給自己的客人。她不知道情況這麼嚴重。

大地震的後幾天，綻放店門依舊敞開。因為店裡的東西壞得差不多，沒有播放音樂，也沒有提供食物洋酒，卻出乎意料地擠滿了客人。大家都圍著報紙七嘴八舌討論地震，以及討論救災的進度。女給們則安分地幫忙開窗、搧風。因為杯子損毀和地下管線都破裂的關係，連清水都沒得送上。店內唯一的飲用水還是秀一郎親自帶著人去州廳緊急分送清水的單位拿的，目前只能供給工作人員飲用。

照理說，帶給消費者桃色的戀愛氣氛，進而攻占客人的錢包，才是女給的工作重點，實在是沒想到有天會接到這種後勤補給的工作。

因為餘震連連，房屋的破損還沒有補強，眾人便在不遠的空地搭上木板為牆，鉛板為頂的臨時住處。女孩們將就著六、七個人睡在一個小空間，雖不至於著涼，但地震隔天晚上還有三次有感餘震，沒有一人是有好好睡上一覺的。

在各地物資都短缺的狀況下，咖啡店成為小型的議事集合中心。迷迭香覺得身上的工作量沒有減低，但所收的小費卻銳減——畢竟城市復原迫在眉睫，誰也沒心情好好坐下來跟女給們調情。

秀一郎為此安慰各位同事，表示非常時期，大家也得將就些。迷迭香對此頗是不以為然，但蔓延在眾人間的不安氣氛，讓她再不滿，也只能閉起嘴巴乖乖做事。

一天，好不容易撐到下班時間，她扯了個藉口，說想回現在還不能住人的寮舍收些東西，就躲開了其他人，任性回去看寮舍的受災狀況。其實外觀上看起來還好，一拉開自己房間的門，只見沁涼月色從窗口灑落，在塌塌米上映照出一塊方形的光亮空間，她看見自己映照在立鏡中單薄的身影，看起來很疲累。

要怎麼辦？

迷迭香為難地揉揉緊皺的眉頭。女給不是能做一輩子的工作，這次也證明了，如果有異變，這群在底層工作的女給會是第一波被犧牲的渺小勞工。再加上地震前，迷迭香也差不多覺得在這份工作中到極限了，不管是生理還是心理上的，該為自己好好打算後路才是。

就算要辭職，不僅必須要確保經濟上沒問題，還得過山下先生這關。迷迭香煩躁地抓抓頭，把手上的包包隨意往塌塌米上一丟。

迷迭香確實小有存款，畢竟自己長年來一人飽全家飽，沒有養家的負擔。但問題是，如果未來因為女給這個過去，找不到安定的工作，總不可能抱著這小額存款坐吃山空。

想來想去，果然還是找張飯票結婚，比較實際。

「迷迭香？在裡面嗎？」是薰衣草的聲音，她在門外朗聲問。

迷迭香連忙轉頭，拉開拉門，「怎麼了？」

「我滿街在找你。」薰衣草責怪她，「沒想到你居然跑回來了，沒聽人家說，現在不要待在室內嗎？」

除了擔心建物的受損狀況，大地震後擔心還有餘震發生也是眾人暫時先搭營或睡在半空曠處的原因。

迷迭香不置可否，只是問她，「找我幹嘛呀？」

「叫你出去填常客資料，木槿他們都留在店裡大廳，只有你一個人時間一到，不打一聲招呼就跑掉。」

迷迭香臉上露出深深的疑惑不解，「什麼常客資料？」

「我中午不是跟你說過了嗎？」薰衣草皺起眉，對於好友這樣三不五時健忘的習慣表示無奈，「秀一郎說要大家盡量寫下有聯絡地址的常客，他好去關心。我中午跟你說，你還說『好，下班前去寫』。」她學著迷迭香的口氣，漫不經心隨口答應的模樣。

迷迭香才大夢初醒地喔了一聲，「我清點庫藏的酒清點到頭暈了，完全忘記這件事了。」她邊說邊走出房間，關上門跟著薰衣草前往大廳。

照理來說來店客人由哪些女給招待是隨機的，但還是會有一些熟客對幾位特定的女給感興趣，他們會塞一些錢給櫃檯，希望可以由心儀的女給招待。而這群熟客，不只是綻放重要的消費來源，更是咖啡店重要的人脈。簡單來說，有些重要的仕紳來消費，就算其消費金額不高，也是建立綻放品牌形象的重要對象。

地震結束幾天後，迷迭香從驚嚇中回過神，突然驚覺這場地震或許是個契機，她手上熟客不少，當然也有幾個剛好處於曖昧狀態，或許適時展現出悲天憫人的好性格，誘拐一位男士與自己熱戀，幸運進入婚姻市場的話，就能脫離綻放了。當然這種事情可不能說出口，得自己悄悄地去刺探實行。

隔天，在秀一郎要求大家寫下大概所知的常客，及其聯繫方式和住址後，正一人在隆的辦公室內，細細過目這些資料。

因為是由女給憑藉記憶寫下的，資料參差不齊。秀一郎好意地想要在隆回來之前，將這些零零落落的資料整理成表格，方便隆決定綻放下一步動向。

一邊專注在手上的資料，秀一郎餘光瞄到一個纖細的人影在門口探頭探腦。他收下手邊的東西，困惑地抬起頭，「迷迭香？怎麼了嗎？」

迷迭香侷促乾咳一聲，「我只是想要關心一下，你忙不忙得過來？」

秀一郎聞言嘆口氣，雙手一攤，「也只能希望隆經理快快回店裡了。我現在就盡量做。」

「我想說，我可以幫上一點忙。」迷迭香連忙毛遂自薦，「至少我可以幫忙確定一下我這邊的熟客名單。」

「確定？」秀一郎不解地皺起臉，「但經理的意思，是要我跑一趟住址處，當面關心耶。」

迷迭香點點頭，指著自己，「不就是關心一下客人的狀況嗎？」她擺出一副自信的表情，

「我也可以幫忙啊。」

秀一郎有點疑惑平常消極怠工的迷迭香，今日為何如此積極，卻也沒有多想，將手中亂糟糟的手寫紙鋪在桌上，「那你就挑幾張附近的客人吧。」

迷迭香踩著輕巧的腳步接近木桌，眼明手快地抓起了自己寫下的那張，「我還是負責我自己比較熟悉的客人好了。」

秀一郎完全被迷迭香一臉公事公辦的樣子給唬住了，毫不遲疑答應後還補上一句，「那就麻煩你囉。」

❀❀❀

計畫是美好的，可惜現實是殘酷的。迷迭香連續去探訪了三家熟客，幾位客人不約而同，見到迷迭香非但沒有露出開心的表情，反而異常冷淡，報了聲平安，也不打算請迷迭香進家門坐坐。

要說迷迭香多失望也沒有，畢竟她本意不單純，確實貪圖一張長期飯票，對方冷淡以對，她當然也就清楚知道客人的態度：就算在綻放中卿卿我我、蜜裡調油，回到現實世界，馬上掛起非誠勿擾的牌子。只是拜訪了三名熟客都鎩羽而歸讓人有點無奈。

想當初她也是謹守客人與女給之間私交距離的捍衛者，沒想到有朝一日需要腆著臉獲取關注。風水輪流傳，做人果然不要太靠勢。

眼看名單只剩下一位，迷迭香打起精神，繼續沿著紙張上面的指示行走。紙上這位陳先生，從半年前開始成為綻放的常客。在來店期間，大部分由迷迭香招待。陳先生相貌平凡，但勝在年輕又健談、小費也給得大方，迷迭香一向缺乏耐心應付客人，卻不算討厭應付陳先生。

迷迭香走了一遭陳先生留下的地址，就在台中火車站後站旁，鄰近的建物看起來狀態都不太好，雖不到豐原東勢房舍完全倒塌的慘狀，但門窗全傾倒在路旁，水管破裂，參雜著泥沙的水在地面蔓延。

迷迭香踩在泥塊散落、略高於地板的高處，有些猶豫要不要越過這攤泥水走過去。那區的住戶看來都已撤離，門窗也搖搖欲墜，似乎不太方便再靠近。

就在猶豫時，一個似曾相識的聲音從身後喊了自己一聲，「迷迭香小姐？」

迷迭香轉過頭，發現是幾日不見的李賀東。經過幾天的休養，他的五官在陽光的照射下顯得柔和不少，臉龐帶有些微的擦傷，卻無損周身文雅的氣質。有別於上次分別時的狼狽疲累，李賀東今天穿著藍色的細條紋衫，手拿著一卡軟質皮箱，頭髮整整齊齊地分線，向後梳攏，帶著一副嶄新的，和之前類似款式細圓框的金屬眼鏡。

「李先生？」一看到李賀東，迷迭香就想起自己在地震隔天近乎恍神的尷尬行為，她有點意外兩人居然不期而遇，但隨後想起這裡是交通樞紐，每天上千的旅客穿梭，遇到李賀東一點都不奇怪。

李賀東看她踩著高跟鞋站在高處，好心地伸出手，「需要幫忙嗎？」

對迷迭香來說，穿高跟鞋是日常，能爬得上來自然也下得去，但既然李賀東好意地伸出手，她也不好拒絕，「謝謝。」口中邊這麼說，迷迭香伸手覆蓋在李賀東的掌上，借力輕跳下泥塊。

「在找朋友嗎？」李賀東隨口問了句。

「只是來關心咖啡店客人家裡的災情。」迷迭香站穩後，鬆開手整整裙擺，老實回應。

李賀東露出些微疑惑的表情，「這也是，女給們的業務範圍嗎？」

「我們咖啡店強調以客為尊嘛。」迷迭香露出一個業務用的完美笑容，「自然要關心一下熟客的狀況，宣傳咖啡店目前是重要的後援中心，有提供清水和簡單的物資，大家有空可以再來坐坐。」這番冠冕堂皇的說詞，迷迭香講得臉不紅氣不喘，絲毫沒有露出私下勾搭的野心意圖。

李賀東發出有點微妙的喔一聲，「迷迭香小姐要找的客人住在這一區嗎？」

她沒多想，下意識地點點頭。

「這區的樓房狀況有點危險，畢竟大地震後也不知道會不會有餘震。」李賀東耐心解釋，「所以這幾戶的住民，暫時都棲身在附近的武德殿。」

迷迭香錯愕，讚嘆於李賀東的消息收集能力。她連忙道謝，並巴結地讚揚李賀東是個關心社會大眾的人。

李賀東似乎有點不習慣迷迭香這般油腔滑調的說話模式，對於她誇大的讚美露出了不知道該怎麼回應的複雜表情。

「李先生來台中市是要……去秉燭居？」既然對方如此友善，迷迭香也客氣地反過來關心幾句。

「地震至今我都還沒來秉燭居，今天有空檔──」李賀東用右手指向身後，綠川町的方向，「便趕緊過來看看狀況。」

「現在去嗎？還是正要回豐原？」

「現在才正要去。」李賀東頷首。

一聽到李賀東肯定的回答，迷迭香的腦袋飛快地轉動。首先，既然都答應了秀一郎，她一定得跑武德殿一趟，但武德殿現在是收容無家可歸市民的地方，據說附近的竊盜率在這幾天上升不少。雖然這樣的指控對災民並不公平，但迷迭香一個手無縛雞之力的女人，必須得多為自己打算。

她清清喉嚨，熱絡又不失客氣地邀約，「既然順路，我們一起走吧。」

「迷迭香小姐現在馬上要過去武德殿嗎？」李賀東很快地理解她的意思，並毫不介意一口答應與之同行。

李賀東不算是個善於自己開話題的人，但好在遇到迷迭香，標準一隻嘴猴溜溜，兩人一搭一唱，對政府的救難措施批評一番。

「豐原復原的狀況還好嗎？」迷迭香關心。

「談不上復原，只不過是清理現場而已。」李賀東呼出一口氣，踏步速度沒變，一想到這個話題，卻覺得腳步沉重許多，「比起內庄神岡好多了，街上的人傷亡還好。」李賀東想到了迷迭香也是豐原地區人，便提起了當地最重要的宮廟，「前幾天去了慈濟宮看看，狀況還好，只是後殿水簷口有小傷而已。」

慈濟宮是頂街到下街路上的一間古廟，當地人的祭祀中心，此時沒有倒塌，一定是媽祖的保佑。迷迭香終於聽到了好幾天以來，稍微值得開心的消息。

步行至武德殿的時間不過短短二十分鐘，兩人言談之間，武德殿很快就出現在他們視線之中。

武德殿的大門敞開，兩人還未踏上進入武德殿的短階梯，首先聽到人聲鼎沸的交談聲，一名中年女子剛好兩手抱著家用臉盆，走出武德殿，與他們四目相接。

「不好意思，我想請問一下，」迷迭香客氣地提高聲音問，「請問後站的陳先生，現在人在……」

「你找後站家的陳先生嗎？」對方重複了一遍迷迭香的問句，「是哪裡來找？」

「是綻放咖啡店。」

得到迷迭香的回答後，她二話不說轉回武德殿中，幫迷迭香喊人。

「看來人是無事，只是暫時遷到武德殿。」中年女子一離開，迷迭香馬上低聲和李賀東說，「看來台中市區的災情比起豐原東勢，好上許多。」

李賀東聽她這麼說，開口關心綻放店中的受損狀態。

「財物損失是一定有的。」迷迭香老實回答，「好在人員是沒事的。」

「人平安就好，厝可以再砌。」李賀東遲疑幾秒，似乎想要安慰她，緩緩地說著，「昨天有朋友特別跑來跟我說，秉燭居的門窗都掉了，他從破洞看進去，看到畫和桌椅倒成一片，我也跟他說，人平安，什麼都是其次。」

「當然，不只同事，聽到客人平安我也放心不少。」迷迭香開玩笑地說，「畢竟他們是店中的衣食父母。」

「看來我也應該主動關心一下我的客人。」李賀東揉揉眉心，有些為難地抱怨，「但店中人手不足，我可謂自顧不暇。」

「沒有雇用店員嗎？」

李賀東搖搖頭，語氣委婉且平穩地回答，「小本生意。」

迷迭香撇撇嘴。雖沒有多說，心中卻是想著，她心目中的裱畫店可不是什麼做小本生意的地方，一幅畫就可以賣出一百多元，這樣還叫小本生意，教咖啡店的女給們都不用活了。

「迷迭香小姐的表情似乎不太同意。」迷迭香的表情李賀東自然看在眼裡，他揚揚眉。

迷迭香正要狡辯，身後卻有一陣尖銳的叫罵聲，猛然逼近。

她還沒回過頭，頭髮倏然被狠狠抓起，伴隨的是打在身上的巴掌，「你這個狐狸精！」一個陌生的女子，披散著一頭亂髮，看起來疲憊不堪，手上的力氣卻一分不減地打在迷迭香背上，「臭賤女人！」

迷迭香搞不清楚這個異變到底從何而來，下意識揚起手來擋人，卻被狠狠揮開，只能盡量縮著身體，「你是誰!?」

李賀東愣了一秒，接著馬上上前，一把抓住女人的手腕，並伸手護住迷迭香的側身，「有話好好講！」他一個用力想要分開兩位纏在一起的女性，女人扯著迷迭香頭髮的手卻不肯鬆手，李賀東一拉，迷迭香感覺頭皮快要被撕起。

只能放聲尖叫。

路人見狀趕緊陸陸續續上前，安撫和鎮壓並進，好不容易把兩人分開。

迷迭香無暇顧及對方，在你來我往之間，踩著高根鞋的腳一歪，整個人差點摔到地上。好在李賀東眼明手快扶了一把，把她從半空中撈回來。

迷迭香餘悸猶存往回看，在陌生女人的身後看到了故人——是此行的目標人物，陳先生，他從頭到尾沒看自己一眼，只顧半抓半抱著女人，口中喃喃低聲安撫著。

因為聲音很低，迷迭香聽不清楚他在說些什麼，女人仍舊不停向自己咆嘯穢語，要她滾出自己的視線範圍。

在眾人還一頭霧水，先不管發生什麼事情，只能擋在女人面前避免衝突的時刻，迷迭香憑藉著敏銳的職業觸覺，已經大致知道發生了什麼事情。

陳先生以單身多金的身分流連咖啡店，迷迭香自然與他調情調得毫無心理負擔，但看這女人發飆發得如此心安理得，許是陳先生明媒正娶的妻。迷迭香想陳夫人應該老早困擾於先生愛泡咖啡店的習慣，這次一聽到綻放來找人，才引爆心中的一把怒火，因而什麼都不顧，衝出來只管打人。

迷迭香心中一陣委屈，她怎麼知道陳先生有家室，拜託她自己早就發誓不跟有家室的人勾勾纏。但委屈之餘也有心虛的成分在，畢竟女給這個職業被汙名化過於嚴重，如果大聲說出被打的緣由，估計武德殿中的各路元配們只會拍手叫好。

李賀東不知道迷迭香心虛，還以為她被打到暈頭。他雖不是愛起事端的性子，此刻也忍不住放大音量，「怎麼無歹無事就打人？這麼不講道理！」

「無事無事！」陳先生將身體擋在妻面前，試圖打圓場，「只是一點誤會。」

「誤會就可以動手嗎？」迷迭香有感覺到李賀東無措之餘的憤怒，可惜他還是秉持著良好的家教，說起話來的氣勢自然弱上幾分。

「欸我是不好意思說，是你們店裡的小姐厚著臉皮……」陳先生當眾被落了面子，又見李賀東好欺，口氣居然硬上了幾分，似乎想要用強硬的態度挽回眾人的口舌。

迷迭香眼見情況不對，連忙回過神，生硬地插話，「對啊，誤會有解開了就好。」

李賀東見她開口，詫異地看了她一眼，表情似乎在說：有什麼誤會？又解開了什麼？他人從頭到尾都站在這裡，此時卻不解迷迭香在演哪齣。

「陳先生，我就是代表我們店裡面來關心客人們安全的，看到你無事我就好回去報備了。」迷迭香沒有回應李賀東的眼神，不急不徐地說著，如果忽視她摀著紅腫的臉的狼狽模樣，還稱得上一聲辯才無礙。

陳先生含含糊糊地應了一聲。

「啊陳太太，你也不要誤會。」迷迭香的聲音提高了點，「隆經理也是關心陳先生。」

眾人依然議論紛紛，陳太太仍被旁人箝制著無法動彈，因陳先生擋住，迷迭香無法看到她臉上的表情，卻依稀聽到她斷斷續續的吸氣聲，她好像哭了。

迷迭香後背頓時冷汗直流，也不顧腳踝似乎已扭傷，急忙扯著李賀東的手告辭，「既然這樣，我就先和同仁回去，不打擾了。」

李賀東來不及再說上一句話，飛快被帶離事故現場。

站在相信理性是美德的立場，迷迭香其實非常不贊同女人因為男人出軌，就跑去和另一個女人叫陣決鬥的場面，畢竟一個巴掌拍不響，檢討別人還不如先回頭審視你家男人。但站在一個女性的立場，她卻能深深理解元配的慌張與無助。

最痛苦的永遠不會是犯錯的那個人。

迷迭香快步地走著，腳踝開始隱隱作痛。

「迷迭香小姐？」跟在身後的李賀東看不下去，開口叫她，「你是不是受傷了？」

迷迭香快速地換幾口氣，轉化一下糟糕透頂的表情，一臉愧疚回過頭，「真是抱歉讓李先生遇到這種麻煩事。」

「別這麼說。」李賀東在這麼回答時，表情有些微妙，幾秒後，他才吞吞吐吐地表示，「要不要先去秉燭居清洗一下傷口。」

清洗？迷迭香後知後覺地撫上臉，才發現自己的臉頰被抓傷了。

❀❀❀

秉燭居就在不遠處，迷迭香沒有拒絕李賀東的好意，隨著他繞進小巷。

秉燭居的地點在綻放幾步之外的對街，是大馬路轉進小巷的巷口，明明是大好的營業路段，門面卻意外地開在向著巷弄端，而不是正對著馬路，門面顯得不明顯，因為地震的關係，門框被壓壞，導致李賀東必須要以側肩用力撞一下門，才能把門打開。迷迭香跟著李賀東的腳步，側著身小心翼翼地走入店面。

神祕的裱畫店其實格局意外地簡單，坪數比綻放小，初估就是二十坪上下，有一樓空間外加一處小閣樓。一樓大部分空間堆滿了雜物。畫作、作畫工具還有木椅因為地震的關係散落一地。

「有時候整間店會清出，讓畫家們舉辦個展。」見到店中如此凌亂，就算是因為地震，也讓李賀東有些尷尬，試圖想要幫店中開脫。「現在因為一個展出剛結束，還沒有整理，待售的畫作才會這麼混亂。」

李賀東拉來一張椅子，讓迷迭香坐下。

迷迭香坐下後，突然覺得這個進展讓人有些措手不及。

和李賀東不過是一面之緣的過路人，雖然迷迭香對他並不反感，相反地，因為李賀東的種種幫助，她還頗欣賞這位正人君子的，不過這樣孤男寡女共處一室是否不太妥當。

但女給可是新時代的象徵，自己仍用舊時代的男女之防來忖度時勢是不是太過老派？迷迭香兀自陷入短暫的自我矛盾。

李賀東為她拿來沾濕的手帕，看到迷迭香神情凝重，還以為是因為傷口很痛。細細一條血痕橫跨臉頰，再加上腳上的扭傷，李賀東心中暗暗感到同情。

「你臉先擦一擦。」他好聲好氣地說，「我去隔壁幫你拿個熱爐，給你敷腳。」

迷迭香抬起頭，意外地看了他一眼。這位朋友一再突破自己對正直善良的期望。

她不客氣地接過手帕，敷在剛剛被拍過的臉頰上，痛得齜牙咧嘴。

李賀東手足無措地小心觀察她一番，乾巴巴地拋下一句，「我去拿手爐。」接著快步地走出秉燭居。

趁著他離開時，迷迭香左右打量這個空間。雖然因為地震的關係，畫作都歪歪斜斜地靠在地上，但看得出來平常是個沒有一絲灰塵的空間，唯有雜物不少，尤其是桌面上，零零落落的紙張，散落著軟管顏料，和幾枝炭筆。桌椅和櫃子皆是用上好的紮實檜木製成，書架上面藏有漢文、國語眾多書籍，低調沉穩，非常符合李賀東給人的第一印象。

她見四下無人，身體傾前去看靠在書架下一幅傾倒的油畫——是一名恬靜女性的肖像畫：厚重的墨綠色刷底，筆觸清晰可見，她穿著黑色的洋裝，端坐在椅上，短短的黑髮貼在削瘦的雙頰上。

因為地震的關係，這幅油畫狼狽地靠在地上與書架交接的三角形空間，或許是因為四周昏暗、又或許是背景和衣物的黑，讓她的五官在黑暗中盪漾著奇妙的優雅感，帶著一絲從容不迫。

有別於平面、黑白死板的照片，這就是畫的魅力。迷迭香那一刻確實大感震懾。

❈❈❈

第一次見面，對李賀東的印象有點趨近於嚴肅和內斂。這趟來幫忙整理店面，意外發現李賀東也有頗為人性化的一面。例如跪倒在掉落地上、被重物壓到，於是擠出內容物的顏料旁邊悲傷道：「這管顏料才用了兩次……」

迷迭香在旁淡漠地遞上抹布，「擦掉吧。倒在地上就是髒汙了。」

將畫作全數清點完，李賀東顯得精疲力盡，迷迭香猜想多屬於精神上的疲累。當他坐在木凳上休息時，她含上一顆糖，同時也給李賀東遞上一顆。

「牛奶糖。」李賀東接過，「謝謝，好久沒有吃了。」

迷迭香炫耀似般打開束口袋，讓李賀東看到了她的兜裡還有兩盒土黃色的糖果紙盒，

「我有兩盒喔。」

迷迭香原本就習慣自帶一盒，雖然一度因為地震弄丟，但友人薰衣草適時送上一盒，加上早晨綻放吧檯翻到一盒，於是今天身上帶有兩盒牛奶糖。

李賀東拆開了包裝紙，將柔軟的牛奶糖丟進嘴裡。好久沒有吃了，這個甜膩的味道在剛打掃完，滿是懸浮微粒灰塵的空氣中，帶著一點舊日美好時光的懷念滋味。

「看來迷迭香小姐很喜歡牛奶糖？居然還隨身攜帶。」任誰看到迷迭香那帶點炫耀的神情，都會如此猜測。

迷迭香點點頭，在另一張木椅上坐下，位置大約在李賀東斜前方直線距離八十公分，但剛好坐落窗戶旁，陽光照不到的陰影地帶，「現在因為在戒菸，不知不覺吃得更多了。」

看到她慵懶地靠在牆上，一手撥了一下額前的瀏海，李賀東覺得心中對店裡現況的悲觀，漸漸被對眼前女孩的好奇所取代，「吃牛奶糖可以戒菸？」他暗暗在心中選了個女孩最美的角度——側臉、微抬著頭，大約三十度，可以看到她優美的頸部線條，耳垂上的綴飾在絨布般的黑髮上閃耀，從眉骨到小巧的鼻頭形成了一道柔順的曲線，「這個說法是第一次聽

到呢。」

「可行吧，好多人都叫我這麼做。」

「可怎麼會突然想戒菸？」

「沒辦法啊，再也抽不起菸了。」迷迭香聳聳肩，「一盒得花二十錢呢。不想戒也得戒了。」她說到這裡時，突然有點介意李賀東也許會注意到自己手上的疤，便不動聲色地將左手縮進包包下。

好在李賀東全然沒注意，他心中很想以眼前的女孩為模特兒作上一幅畫，但不敢提出請求，還是繼續聊天，「迷迭香小姐抽很久的菸了嗎？戒了也是對身體好。」

迷迭香沒有回答他的問題，反而開玩笑說，「我是抽『麗』，如果李先生下次要請我，別買錯牌了。」

李賀東揚眉，「不是正在戒菸？」

「是抽不起不抽，又不是不喜歡抽而不抽。如果是李先生送的，我一定欣然接受。」

「還是戒了吧。」李賀東衷心建議。

❀❀❀

有了迷迭香的幫忙，李賀東很快就完成了今天預計的清掃行程。

兩人打算在李賀東送迷迭香到綻放門口後分別，李賀東還要搭車回豐原街，而迷迭香則回店中。李賀東很誠心地再度向她道謝，迷迭香學著李賀東的語氣，高傲地應了句，「不足掛齒。」

李賀東一走，一名女給正好走出店門，驚呼了聲，「迷迭香下午去哪了？秀一郎正在找你呢。」

面對問她下午去了哪裡的問題，迷迭香只是含糊地回答，說是幫朋友收拾一下東西，隨後岔開話題，「經理來聯絡了嗎？」

「有。說是暫時請秀一郎先生代理，幫忙處理寮裡的修繕。但是咖啡店內不能放音樂，也暫時不要營業。」

這點迷迭香知道。店裡的客人有說，因為發生災難，警察要求營業場所暫時不要播放娛樂音樂。

「迷迭香！」另一名女給見到正在說話的她們，連忙插話，「秀一郎先生在找你。」

「找我？」又被召喚了一次，讓迷迭香一頭霧水，只好正視秀一郎正在找自己的事實，乖乖去找他報到。

秀一郎此時正趴在綻放後門口，帶著一群陌生人檢查地下管線。迷迭香在後門口看見他，遠遠地問了聲，「請問秀一郎先生找我嗎？」

「迷迭香嗎？」秀一郎抬頭看了她一眼，又低下頭，賣力擺弄著管線，「你的客人，陳先生留個東西給你，在櫃檯的第二個抽屜裡。」

陳先生？迷迭香疑惑，陳先生留了什麼給自己？

雖然很想要追問，礙於秀一郎一行人全身是汗，衣服和手套都弄得髒汙不堪，看起來又專心於手上的工作，根本沒空理自己，迷迭香默默退場，去翻找那個留給自己的東西。

拉開櫃檯第二個抽屜，是一條眼熟的手帕。啊，她知道這條繡著自己名字簡寫的手帕，原來是丟在陳先生那裡。

一拉開手帕，幾枚銅板硬生生掉落，落在地上鏗鏘有聲。

迷迭香嚇了一跳，定睛一看，湊一湊是五圓。

為什麼他要給自己五圓？是因為想要幫助自己嗎？迷迭香非但沒有被幫助的感動，反而從心中竄出一絲冷意。她知道他們家並不是大富大貴，陳先生的家人們不都在武德殿避難嗎？怎麼會有閒錢來幫助自己？他的太太知道這件事嗎？孩子有吃飽嗎？沒道理因為爸爸無聊的戀愛遊戲，全家都挨餓吧？

想到這裡，迷迭香急忙隔著手帕，拾起銅板。

「哎，迷迭香前輩。」沒想到被最不想扯上關係的鈴蘭目睹了撿銅板的過程。「是陳先生送的吧，他還真是關心你啊。」

前幾天明明還大聲嚷嚷著自己的閒話，今天居然還敢腆著臉叫自己前輩。迷迭香是很想出言諷刺，礙於良知，努力壓抑這個衝動。「但陳先生自己應該也有些困難，收下不太恰當。」

她不想要與鈴蘭多聊，急著想要離開，「我得拿去還他。」

「哎，不用吧。」鈴蘭驚呼。

「沒關係，我去一趟吧。」迷迭香將包裹著銅板的手帕放進外套的口袋裡，「鈴蘭有看到薰衣草嗎？」

「好像沒有，她今天一早就出門了，還沒有回來。」鈴蘭癟癟嘴，「還了多可惜啊，迷迭香前輩不再考慮一下嗎？」

「是嗎？那下次陳先生再來捧場，我介紹你給他認識吧。」迷迭香懶得再和鈴蘭談下去，但經鈴蘭這麼一說，她才想到薰衣草已經回家關心家中地震災情，只好拿起剛進店門才脫下的外套，獨自一人步出綻放門外。

自己會不會對鈴蘭太冷淡？可是，對方討厭自己，自己也冷漠待她，這樣很公平。年紀小也是要長大，讓她提早見見世面也好，迷迭香這樣安慰著自己。

鈴蘭今年十六歲，和自己僅相差兩歲而已。她是去年夏天才進入綻放的，難免較不成熟。在進入綻放前，鈴蘭小朋友是街上一家工廠的女工。綻放在夏天時徵過一次女給，雖然條件明確列著：精通國語，但這孩子外型實在美得驚為天人，於是，經理無視了她有點吞吞吐吐的國語口說能力，讓她加入綻放女給群的一員。

日前在開店準備的空檔，一群女孩一起等著開工，一名女孩突然問了一句，「鈴蘭，怎麼會想來當女給，女工不是做得好好的？」

鈴蘭晃晃她那顆美麗的頭顱，回答得很瀟灑：「做女給就可以每天穿得漂漂亮亮的還可以領薪水，誰不做啊。」她從鼻子哼出了一口氣，「做女工多辛苦啊，每天早出晚歸的。」

迷迭香不否認女工很辛苦，但女給也是個勞心勞力的工作，還要出賣自尊，並不會比較輕鬆。聽到鈴蘭這樣子描述女給的工作，其實有點刺耳。

雖然自己對她頗為感冒，但鈴蘭很順利地融入了綻放的女孩團體。難道是自己太敏感或是太刻薄嗎？每當心中湧起對鈴蘭的反感，迷迭香都忍不住這樣問自己。

算了，現在並不是想這個的時候。四月的傍晚，她穿得單薄，就算快走也無助於體溫的回升，要不要吃一顆牛奶糖呢？但現在物資缺乏，算算一顆糖平均可是得花半錢，還是省著吃吧。

快步走在往武德殿的路上，迷迭香一抬頭，又奇蹟似地看到了熟悉的背影，條紋衫的織紋、頸脖的線條和耳廓的外型都證明了自己前面這位漫步的先生，便是剛剛才分別的李賀東。啊，車站和武德殿的方向一樣，自己又快步地行走，於是追上了早出發不到五分鐘的李賀東。

不想要超過李賀東的背影，迷迭香放慢了腳步，維持在落後於李賀東一公尺的位置。此時，她突然又想到一個重要問題，該怎麼將正揑在口袋裡的錢還給陳先生呢？薰衣草不在，自己只能一人進入武德殿，萬一遇見陳太太怎麼辦？又要怎麼解釋這五圓的緣由？

她深吸一口氣，下定決心，「李先生！」

李賀東回過頭，驚訝但力圖鎮定，「還有什麼事情嗎？」他直覺以為迷迭香是追著自己跑出來的，或許有什麼急事要講。

「其實我正要去武德殿還……還東西。」她指著前方不遠處的公共建築，「雖然有點唐突，可以拜託李先生陪我走一趟嗎？我覺得，那個……我一個人去總覺得不太好。」

才一開口，迷迭香馬上就後悔了。自己根本就語無倫次，但是要她解釋事情始末又太出賣隱私。不應該喊住李賀東的，折返回綻放拜託秀一郎代跑一趟都比較實際。

沒想到李賀東完全沒有追問事件始末，只是問，「現在嗎？」

迷迭香喜出望外地點點頭，但心中總有點利用李賀東的愧疚，「李先生在趕車嗎？」

李賀東連錶都沒看一眼，很爽快地答應了她，「不會，我們走吧。」

「真的很謝謝你。」她鞠了個躬。

「不會的，是順路。」

武德殿和附近的學校聚集了大多數的災民，他們沒有進入人潮壅擠之處，只由李賀東將錢交給了陳家鄰居。

這位鄰居太太當然不清楚這五圓的來源，只問如果陳先生問起，要說是誰送來的。

迷迭香站在李賀東身邊，有點無措，不知該如何回答。李賀東倒是態度無異地說，「就說是綻放咖啡店的朋友幫他送來的吧。」

「咖啡店嗎？」鄰居太太講到這個詞語時臉上閃過一絲戲謔，「我知道了。」

向他們道別時，她感覺到鄰居太太多看了自己兩眼，不知道是不是自己的錯覺。

「好啦，解決了。」李賀東走出武德殿後顯得游刃有餘，態度輕鬆，「那我就先去搭車了。」

「很抱歉，突然拜託李先生這麼奇怪的事情。」

李賀東笑了笑，突然伸出一手，將她的手帕還給了自己。迷迭香很訝異，原來剛剛李賀東有將包裹著銅板的手帕抽出，「這是迷迭香小姐的吧。」

「是。」她收下。突然懷疑起李賀東是否在暗示自己，既然不想留交往機會給別人，或許連一條手帕都不該留下。好吧，之前不知道為什麼這條手帕會在常客陳先生那裡，就是個錯誤。

自己的女給生活到底什麼時候會結束？不可能做一輩子女給，這個職業生命不長的，在萬般尷尬的沉默下，這是迷迭香第一次如此希望這個職業生涯可以趕快走到盡頭。「我送李先生到台中火車站吧。」尷尬雖尷尬，但感謝之意還是得表達，她決定送他到火車站。

「因為鐵軌變形，鐵路停駛了。」李賀東解釋著，「我現在得去搭局營車。」

「連鐵路都停駛了啊。」又聽到一個讓人沮喪的消息，讓迷迭香忍不住情緒更加低落，「沒關係，我還是送李先生去搭車吧。」

「別這麼難過的樣子。」李賀東有些笨拙地安慰著她，「雖然現狀看起來很糟，但大家都在自己的位置上努力著。」

迷迭香順著他的話搭腔，「如果想要安慰我，就給我一支菸吧。」

「我不抽菸。」李賀東攤攤手，兩人眼看就要走到車站處了，「但是我等車時會讀一份報紙，看完後我可以送你。」

「好小氣。」

李賀東笑了笑，沒有反駁，反而用一種雲淡風輕的語氣提起，「這幾天一直待在豐原還有內庄幫忙，覺得地震真的是很可怕的事情。」

迷迭香默不作聲。自己當然也覺得可怕，但這時候賣弄不幸不是個好選擇，更何況自己不算受災最大的，總覺得沒資格提起這個話題。

「但是啊，連日沉重的心情，今天回到綠川町，突然覺得平靜了不少。雖然我的店是一團亂，但這裡的受災比較小，店面就算沒有營業，大門緊閉的比例也少。」

迷迭香抬眼，疑惑連帶詫異地看著他。疑惑是因為不太懂他想要表達的意思，詫異是李賀東好像真的很擔心自己，似乎試圖想安慰自己。

「嗯，我也不太清楚要怎麼表達心中的感覺。」李賀東有點滑稽地擺了兩下手，做了有點傷腦筋的表情，「我的意思就是，像你們綻放，帶給別人娛樂本來就是你們的工作，雖然現在暫時被禁止了，也絕對不要妄自菲薄，那是很重要的工作，象徵著台中的生氣，總有一天如果再次開幕，那就是大家已經從傷痛中走出的象徵。」他停頓了一下，像是在整理下一段想要說明的話語，「看著你們的店面，讓我覺得，你們的店總有再開的一天，就像我們一定有重建家園的時日。」他轉了好多的彎，才說出，「所以迷迭香小姐也不要板著臉，讓我們可以繼續仰賴著你們的笑容生活，不管是地震前，還是地震後。」

「你這些話應該跟經理說的。」迷迭香奮力想要揚起嘴角，「經理心情大好，一定跟你多買幾幅畫。」

「那我得講得更感人點。」李賀東煞有其事地表示，「目標是買出三幅以上的畫作。」

「不只畫作，李先生所送的報紙說不定都會裱框掛在牆上呢。」

「裱框也請指名秉燭居，還能再賺一手，真不錯。」他話鋒一轉，突然問，「對了，還沒向迷迭香小姐過問，山下先生的身體狀況如何呢？」

居然會問到山下先生？都差點忘了這位是山下先生的客人。「啊，因為經理還沒現身，所以我也不太清楚。」正好搭車處到了。因為地震的關係，鐵路停駛，等車處的運輸人潮是往常的好幾倍。迷迭香沒有要在人潮擁擠處陪著等車的意願，馬上恭敬地告退，「今天一切真是有勞李先生的照顧。」

「哪裡，我還要感謝你幫忙清理秉燭居呢。」他遲疑了一下，鼓起勇氣又說，「迷迭香小姐，調適一下心情吧，什麼地震或是追債，都不要管了。」迷迭香瞬間弄不懂李賀東是真的誤會自己被追債，還是在開玩笑，「面對這些事情，還是要開心一點。」

「我會的。謝謝你。」她覺得李賀東與外表不同，實在是個很關心別人的人。

二度告別李賀東，太陽此時已完全沉沒在地平面之下，四周的溫度驟降。迷迭香捏著如今只剩下單薄一張的手帕，兩手緊放在兜中。她突然想到自己應該順便將上次拿的衣服和鞋子還給李賀東。做一件外套該有多貴啊，得趕緊還給他，今天居然忘了，下次一定得記得。她在心中叮嚀自己一番，踏著緩慢卻堅定的步伐，走回綻放。

❀❀❀

回到綻放後，秀一郎宣布了新消息，隆經理明天將會回店中，眾人聽聞一陣歡騰，這番反應讓迷迭香莫名其妙，從來沒有發現隆是這麼高人氣的巨星呢。再來，預計女給們在新曆五月中、不到六月便能回綻放寮居住，這讓迷迭香真心誠意地跟大家一道歡呼了幾聲。

宣布完事情後，秀一郎又補上一句，「迷迭香等一下來找我，我有些事情要問你。」

迷迭香知道秀一郎要問的應該是常客陳先生的事情，想必是隆有特別交代他得看緊自己。雖然理解狀況也無法反抗，她在眾人散會後，一人湊到秀一郎的身邊，簡單報告了一下陳先生的狀況，「但是我把錢退回去了。」她最後結語。

綻放的店面設定是銀座路線，簡單來說，就是高級定位的咖啡店。山下先生嚴禁女給和客人間的私交，據說山下先生曾揚言，如有比交往更嚴重的行為，例如性關係或是交易，店中將會採取法律途徑解決，女給們不只一定會被解僱，更會讓台中再也沒有任何一家咖啡店敢錄取你。簡單來說，如突破女給工作的底線，就會讓你完蛋，身敗名裂、永無翻身機會。

其實不管陳先生的家庭狀況如何，還錢都應該是正確的決定。原以為這麼處理，會得到秀一郎的讚賞，更何況秀一郎在代理經理前，雖名為酒保，其實工作內容以救助被客人騷擾的女給比例為高。沒想到手上同時忙著檢修店內留聲機的秀一郎這麼聽完後，嘴角呈現出一種很微妙的角度，「嗯，這樣做好嗎？」

「你應該要稱讚我。」迷迭香為自己辯護，「在這個節骨眼，跟客人扯上私交不好，我還拜託一名友人陪同耶，算是很正式地迴避掉這個危機。」

「我的意思是，既然對方感覺上都是下定決心才將那筆錢拿給你，你沒當面婉拒，反而沒當一回事，事後又迂迴地退回。」他開始擺弄留聲機持續轉動的唱盤，邊回應著迷迭香，「這樣有點傷及自尊吧。」

「陳先生已有家室，還一直纏著年輕的女給，這難道有助於自尊嗎？」迷迭香反問。

「我明天會和隆經理說明的。」秀一郎停止了擺弄留聲機的手，將其鄭重地擺放回桌面，「經理只要覺得沒問題就沒問題。」

「他一定會說我做得好。」迷迭香插著腰，斬釘截鐵地肯定，「他才不介意陳先生這般小客人。」

留聲機酷似百合花的喇叭外型有點受損，邊緣被碰傷，還好大致運作正常。秀一郎放上黑色的膠片，壓下讀取膠片的針，隨著唱盤的轉動，喇叭放送出輕快，高亢得近乎刺耳的音樂。迷迭香認識這首曲子，是綻放最常播放的《跳舞時代》。

999

進入新曆五月後，消失近乎十天的經理回歸綻放，同時身後還跟著林記者。

迷迭香原本待在遠處觀望，見林記者像普通客人般，一屁股坐在桌子前，隆一手撐在桌子上，看來是在向他交代某些事。這時，秀一郎送上兩杯茶，順便和隆交談。

迷迭香將自己縮在椅子上，隔著一段距離，瞪著他們三人，心中猜想此時此刻他們是在談論自己的可能性有多高。

半晌，隆抬起頭，正好和迷迭香的視線相交，他看著迷迭香，又說了些話，無奈店中紛雜，迷迭香聽不到，也讀不懂隆的唇語，於是困惑地蹙起眉。經理只好抬手，對她招了招。

迷迭香只得緩慢地磨到隆的身邊，「經理。」

「那位常客先生之前都是你招待的吧。」他問。

迷迭香點點頭，「是。」

「之前會有情緒暴躁，或是暴力傾向的問題嗎？」

「不會。」這麼慎重的問話，弄得迷迭香也有些緊張。自己的生命應該還是安全的吧？

隆聽他這麼一說，馬上點點頭，「好，那你最近注意一下安全就可以了。」

秀一郎所說的，或許傷害了陳先生自尊這件事，隆連提都沒有提。誠如迷迭香所說，這樣的小客人是激不起隆的關心的。

「那我和我們店裡的酒保去看一下店後的管線。」他隨後知會林記者要先告退，並跟迷迭香說，「迷迭香，你招待一下林記者吧。」

「是——」迷迭香以拉長尾音的回應來表達自己的不滿。

林記者此時正用他那雙神經質的大眼睛，毫不掩飾地打量著自己。隆一走，迷迭香瞬間換上了業務式的笑容，「真是抱歉，因為地震的關係，拿不出能看的飲品。」

「沒關係沒關係。」林記者的手拘謹地放在膝上，眼神卻快速在店中掃了一圈，「現在大家都辛苦，你們連音樂都不能放了吧，我知道。」

迷迭香突然驚覺自己並不太喜歡眼前這個人，看似內斂，那雙神經質的眼卻是伺機觀察著四周。是做為記者的敏感觸角使然嗎？

「上次迷迭香小姐好像很低落，現在有恢復精神就好了。」林記者客氣地表示關心，「這個災難啊，大家都艱苦。」

「林記者也辛苦了。」她維持著完美的女給角色設定，輕手輕腳在桌子前隔著一個空位的另一個座位坐下，「最近到處跑新聞一定很疲累吧。」

「別這麼說，相較之下，」突然，林記者露出了一個似笑非笑的表情，「迷迭香小姐承擔的職業風險還比較辛苦。」

秀一郎和隆剛剛的談話聲並沒有壓低聲音，被人聽到也是無可厚非。迷迭香一向遵行做了就不怕別人說的對外政策，但此刻被眼前的人調侃，讓她心中燃起一股不自在。真的很想朝他的笑容一掌拍下。「所以才要拜託經理和酒保啊。」她頗有技巧性地回話，將話題重點轉移，「一間咖啡店中，經理和酒保也是很重要的角色呢。」

林記者看來並不想深究經理和酒保的工作性質，他身體傾前，壓低聲音，「迷迭香小姐，向您請教一件事。」

雖很想要拒絕，話到口中還是變成，「什麼事呢？」

「對街的秉燭居，在地震過後，有開過店嗎？」

迷迭香驚訝他突然提起了那間店，「啊，秉燭居我知道，就在不遠嘛。」為什麼要問這個？她語帶保留回答，佯裝自己從沒注意過那間店面。「我不太確定，但應該是地震後就沒有對外營業了。」

或許是因為迷迭香臉上的表情實在是太疑惑了，林記者可惜似地低嘆一聲，「迷迭香小姐不知道，上次和迷迭香小姐一起被救出來的李先生，就是秉燭居的老闆。」

明明老早就知道這件事，但為了不讓神祕兮兮分享情報的林記者沒趣，迷迭香捧場地做了個驚訝的表情。「這世界還真小。」她驚呼，「都不知道李先生大有來頭呢。」

「可不只這樣，那位還是豐原信用組合的監事呢。」

這也不是新聞，她還是好心做出驚嘆的反應。「這麼年輕就做到監事，可真不容易。」

「但這樣的人也有得不到的東西呢，拚了命想要躋入文藝界，還不是失敗了。」林記者不知道是故意還是不小心，快人快語地這麼說。

這句話迷迭香還真不理解，她詢問了林記者的意思，疑惑地表示，李先生本是畫家，怎麼說是拚了命想要躋入文藝界。

好奇心是生物本能，迷迭香不自覺豎耳傾聽。

「李賀東是李家大兒子，但這個年紀了都還沒有一門婚事上門，這我就不再多說了吧，再怎麼提都是前代人的恩怨了。」林記者說，「李先生幾年前自己決心投考東京美術學校，兀自跑到東京去，第一年落榜，在東京又上了一年的素描繪畫課，第二年入學試驗時，那年剛好廢止保障特別學生入學人數，想當然爾又落榜了。第二年重考後好像有回台灣一段時間，第三年又去，還是失敗了。

「在內地沒有辦法躋身東京美術學校、在島內又不在石川先生或是鹽月先生這樣大家的指導下、與台北師範那群畫家也不熟稔，在這樣的情況下，硬是要開設裱畫店，可以說為了躋身文藝界用盡全力了呢。」

迷迭香還來不及驚嘆李賀東居然仍未婚，林記者一下子便低價拋售了眾多李賀東的個人資訊。她其實不懂畫壇生態，但聽林記者的語氣，簡單來說就是入學失敗又沒人脈是吧。她不禁婉轉地為李賀東抱不平，「別說為了躋身文藝界這樣的話，說是為了追尋夢想不是更好聽嘛。」

「雖是做了這麼多努力，但人家要辦台陽美展也沒找他，明明投資了如此可觀的資產，李先生還真是得不償失。」林記者越說越起勁，還嘖嘖幾聲表達自己對李賀東的同情。

「林記者。」突然一隻手搭上迷迭香的肩膀，迷迭香發現因為專注於聽林記者說話，不只手撐著桌子，整個上身傾前，臀下的椅子也只坐了前五分之一的位置，「我們迷迭香不用知道這麼多。」隆一手插著兜，一手扣在迷迭香肩上，語氣輕鬆，態度卻不容置喙，「讓李先生知道我們在談論他也不好，就別再說了。」

迷迭香覺得自己就像是做了壞事，剛好被抓到的孩子，尷尬地將屁股退回正確的位置上。

「啊，我是想拜託迷迭香小姐幫我注意一下秉燭居的動向，才跟她聊起李先生的。」林記者不自在地抹抹額頭，辯解著，「如果李先生一直沒來秉燭居，我會很困擾，無法與他們接觸的。」

如此說來，林記者是想要接觸李先生才要注意秉燭居的嗎？但又為何要接觸李先生呢？有疑問的地方經過交談後反而增加了，迷迭香自然不會不識相地在隆面前追問，趕緊站起身，「那既然經理回來了，我就先告退了。」

❀❀❀

綻放的女給們所住的集體宿舍，在技術人員和秀一郎的努力下終於維修完成，但說是維修，其實也就只是多釘上幾塊木板補強。既沒有多餘金錢維修，睡在空地的避難暫時住所也不是辦法，女孩們在此情形下回到闊別數日的寮舍。

寮舍是個低矮的木造建築，目前她和薰衣草共享一間小小的房間。

薰衣草的原生家庭就如同大部分的傳統台灣家庭一樣，貧困，擁有無止盡的小孩，就像是這類家庭孩子共同的命運一樣，她小小年紀就需要工作，在前幾年憑著流利的國語還有美麗的外貌成為綻放的薰衣草，又因為綻放提供有女給們專用的寮舍，為了給弟妹們更多的生長空間，薰衣草索性搬出家門，不只養活自己，還要寄錢回家裡。相較之下，迷迭香就只有隻身一人，養活自己全家就飽，負擔小得多了。

地震發生後，薰衣草回家一趟關心狀況，如果迷迭香沒有記錯，應該是今天會回來。果然回到家時，室友已經洗好澡，穿著居家服，賴在榻榻米上。

「你回來了啊。」她剛踏進房間，便聽到了微弱的一聲「歡迎回來」，見朋友半趴在床褥上，毫無生氣，她有點擔心地走了過去。

「你家的狀況還好嗎？」她在薰衣草身邊坐下。

「還好啦。」薰衣草拿下壓在臉上的抱枕，露出了一張蒼白的小臉，有點勉強地對她笑笑，「我今天回去時，我媽還說我應該留下來上班的。」

看薰衣草好像不太想跟自己說明家人的情況，她也不再追問，只是輕描淡寫安慰幾句，隨後便轉移了話題，「對了，那你明天要去上班嗎？」

「當然。」薰衣草坐起身，「我會去的，不要擔心。經理已經回來了吧。」

「……不考慮在家休息一天嗎？我看你兩地奔波很累了。」迷迭香擔心地看著友人。

聽到有人這麼說，薰衣草撫心地摸摸臉，「對啊，有種痘痘就要長出來的不好預感。」

她乾笑幾聲，「那可真糟糕。」

❈❈❈

本來以為一切都可以重上軌道，沒想到才搬回寮內隔天又發生了一次有感餘震。餘震發生時間大約是早上七點，女孩們正在上班，倉皇地從綻放店中奔出，無顧隆在後頭大吼著要她們不要奔跑。

晃動的感覺使人頭暈，迷迭香一直是不太懼怕地震的人，看來是因為上次大地震的影響，居然讓自己如此恐慌，她和薰衣草互相攙扶著，卻因為高跟鞋的關係，在跨出綻放的那瞬間，踉蹌一下，薰衣草也沒有力氣抓住她，迷迭香的膝蓋和右手雖在第一時間撐住了自己，最終還是整個人面朝地摔到地上。

她痛得叫出聲，薰衣草也手忙腳亂地道歉，想要抓住她的手臂，將她扶起。

隆實在看不下去，箭步上前，環抱住迷迭香的腰，直接強制將她抓起，無奈迷迭香的膝蓋已破，痛得站不穩，只得捂著剛剛被重擊的臉，笨手笨腳地走到空曠的街道上。

來到街市後，隆將迷迭香交給薰衣草，薰衣草笨拙地扶住她，好在隆還是佇立在她們身邊，沒有移步。餘震漸小後，一名男子走了過來，朝他們脫帽，點了點頭，「隆經理、迷迭香小姐，你們還好嗎？」

隆若無其事地回禮，迷迭香撐著身體，趁摀著臉的空檔，打量男性一眼。她應該見過他，卻突然想不起來他是誰，含糊說了自己沒事，只是摔了一跤。

「秉燭居的狀況如何？」隆這麼問候，迷迭香突然想起了眼前這位是誰，他們有過一面之緣。在豐原時，就是這位先生跑來迎接他們的，如果自己記憶力沒有出錯，他的名字似乎喚作：仰。

當然，當天仰的重點在於迎接李先生，而不是女給或是記者，所以他居然還記得自己，實在很厲害。

「還可以。」仰恭恭敬敬地回應，「但是大地震才剛過，我想還是離開室內比較妥當。」

隆點點頭，「李先生呢？」

「李先生今天不在，店中只有我一人。」

「如果不嫌棄，休息時間可以到小店坐坐。」

看著兩位不熟的人互相客氣恭維實在令人不舒服，好在仰也只是打聲招呼，不久便告辭。

餘震結束後，眾人吵雜踱步回綻放，迷迭香終於回到店中，放鬆地坐在椅子上，揉著疼痛的腳，臉也痛得難受。受碰撞的右臉頰現在還只是紅腫，薰衣草緊張它會變成嚴重的瘀青，嚷嚷要幫她煮顆蛋敷臉，說瘀血會隔著熱蛋殼，被蛋吸收，交代完使先行一步去廚房。

迷迭香一人坐在椅子上，隆看似不經意地晃到她的身邊。

迷迭香抬眼看了態度自然的隆一眼，「一副有話想說的模樣。」她咂嘴。

「你不會在打聽李先生的事吧？」

「開天地以來沒有打聽過。」迷迭香辯解著，「上次是記者先生自己大嘴巴，開了話匣子就停不下來。如果要找手下，我建議山下先生找一位口風比較緊的，較可靠。」

隆壓低聲音問她，「是在拐彎抹角地自誇嗎？」

「你有被害妄想症嗎？」迷迭香反問，「不要緊張，我對山下先生的事業一點興趣都沒有，絕對不會插手干涉，當然有也不會和你爭奪山下先生的寵愛，我說過的，我沒有那個閒時間。」

「山下先生沒看透你這惡劣自大的個性。」隆無奈地搖搖頭。

迷迭香一手撐著椅背，回眸，朝著隆露出了一個迷人的微笑，「我的榮幸。」

在薰衣草回到椅子旁之前，隆已離開。薰衣草拉了張椅子，坐到迷迭香身邊，「可憐的孩子，廚房沒有蛋。自己將就點，用手揉吧。」

「很痛的！」

「不揉明天一定有新造型。」薰衣草恐嚇她，「一臉白一臉黑，摩登新潮。」

「如果真的黑青了，可以請病假一天嗎？」

「只有工作場合換到廚房的道理，哪有請假的可能。」

好悲傷！迷迭香對於勞工是如何被剝削，又有了新一層的認識。

「剛剛在店門外和隆經理講話的那位，」薰衣草突然問起了仰，「是哪位呢？迷迭香也認識嗎？」

她點點頭，「之前和你說過的裱框店，那位仰先生，應該是裱框店主人的……」說到這裡，迷迭香突然有些遲疑，最後選了個最含糊的說法，「朋友吧。」

「啊，然後今天只有他一人在秉燭居是吧。看到你們還來打了招呼，真多禮。」薰衣草自己為他的行為解釋一番。

秀一郎此時喊了她們一聲，要她們來幫忙收拾店務。薰衣草應聲，迷迭香卻突然想到，自己還有一件外套一雙鞋得還李賀東。於是她趁機偷懶，說了自己先去緊急還個東西，便跛著腳，走避店外，逃避徵召。

回寮中拿了衣服，迷迭香才走向秉燭居。

秉燭居的店門原應掛著風鈴，但因為餘震連連的關係，風鈴被拆了下來，此時靜靜地躺在店內。因此迷迭香推開門時，沒有發出任何聲音，倒是聽到了店裡有交談聲傳出，害她門推了一半，不知道現在該關上還是繼續若無其事地推開。

「……今天知道仰先生獨自在店中，才斗膽來拜託的。」這個聲音不久前才聽過，是林先生特有的講話方式，神祕兮兮的賣弄語氣，「否則不知道可以拜託誰去探李先生的口風。」

「明明不關報社的事，林先生倒是頗為積極嘛。」這可跟第一次見面，跑向李先生時的聲線完全不同，仰先生現在的聲音帶點慵懶和嘲弄，「山下先生都沒如此積極呢，上次打麻雀時好像倒多是聊些瑣事。」

山下先生？怎麼就提到了山下先生？

「報社就是要關心這個社會的所有事件，如果李先生有意願，可是件大事，怎麼會說不關報社的事呢？」

「這可不好說。我怎麼有地位去插手李先生的事業？」

「也沒有人比仰先生更獲李先生的信任了。」在記者多加吹捧之下，仰先生拉長了嗓子，雖然為難，終究還是答應了。

對話結束，迷迭香在專注下，居然聽完了整段談話，現在好像也不適合進入了，她不想要跟剛結成同盟的兩人扯上任何關係，衣服還是擇日再還吧。此刻無計可施，她輕手將門推回原位，在路人有點疑惑的眼神下，抱著衣服快步離去。

⌘⌘⌘

平常腦袋糊塗，總是弄不清楚事情，但迷迭香現在竟然莫名地進入狀況，仔細想想後覺得情節並不複雜，可能是跟在山下先生身邊久了，手段也多摸清了。

雖不知詳情，迷迭香猜測是山下先生在事業上有求於李賀東，什麼買賣畫作只是個接觸的橋梁，讓山下先生有理由邀請李賀東到家中打場麻雀，聊個天、賣弄一下情誼。且山下先生做事密實，還差來一位記者，旁敲側擊事業的進展，並從李賀東的身邊人仰先生下手。身為李先生的最後防線，仰先生居然因幾聲吹捧就和林記者攀上關係，李先生只怕朝夕難保。

迷迭香其實不知道李先生和山下先生的事業是不是上次談到的樟腦寮，也沒這閒時間去打聽。不論這筆生意會不會賺錢，她總覺得李先生是最大的受害者。在藝術界砸了這麼多錢，付出這麼多努力，卻被人當作笑話般對待；就是經商也被合作夥伴在暗地裡挖了牆腳，眾人都拿他當成肥羊一般。雖只有幾面之緣，迷迭香頗為憧憬李賀東，原覺得他深不可測、內斂沉穩，可歸類為天生的贏家。現在想想，也就和自己一樣在渾水裡過活。

明明不關自己的事情，也沒有插手的餘力，迷迭香回到綻放後，心中卻一直在思考著這件事情。綻放的客人們閒聊著最新的消息，說天皇要以個人名義捐錢給災民，迷迭香卻沒有投注一絲注意力在這番言論上。

⌘⌘⌘

隔天迷迭香臉上的災情慘烈，紅一塊青一塊的，如同薰衣草所言，摩登新潮、與眾不同。迷迭香試圖塗上粉來掩飾，卻徒勞無功。除非使臉的顏色白得跟脖子完全脫節，否則掩蓋不了臉上的瘀青。迷迭香在鏡子前擺弄幾分鐘，自己臉上的顏色活脫是藝妓等級，氣質卻大大不如。這樣的顏色在自己身上只像是初試妝容，不小心錯手塗得太白的酒家女一般。好吧，看來自己是不能出門了。她歡欣地自行宣布放假一天，接著刻意踩著輕快的腳步去卸妝。

洗好臉，正在擦乾臉的同時，薰衣草就要出門，問了自己一聲，「真的不去？」

「不去。」迷迭香按壓著疼痛的臉，瀟灑揮了揮手，「慢走不送。」

薰衣草有些不以為然，卻還是什麼話都沒有多說，提著包包出門上班。

既然不用上班，迷迭香連飯也不想吃了，滾到床褥上，決心再睡個回籠覺。

聽從薰衣草的建議，邊揉著臉，邊扯著棉被，迷迭香體會到了不上班的美好。這個時間還能在床上打滾未免也太幸福了。過不了多久，便昏昏沉沉的，眼看就要睡著，門外卻傳來了敲門聲。

敲門聲很遙遠，原本以為是自己的錯覺，翻了個身打算繼續睡的迷迭香，聽見敲門聲三度響起後，終於相信確實有人站在門口。

她披上一件衫去應門，很意外的，門外居然是隆。

「經理是特地來捉我回去上班的嗎？」迷迭香劈頭就問，並打算如果隆不否認，自己絕對馬上在他面前摔上門。

「你今天就休息吧。」沒想到在必要時刻，隆也不是完全沒有人性，「但也只限於今天，明天就來上班吧，也不能享有過高的特權，這點人情世故你還懂吧？」

迷迭香不自在地點點頭，表示知道了。

隆似乎也意識到了迷迭香並不歡迎自己，於是急著趕緊將事情說完，「你的臉，在下週能夠痊癒嗎？有場飯局，你得幫忙招待。」

「不知道，應該可以吧。」迷迭香胡亂猜測著，「之後如果瘀青淡點，就能用粉遮。」

「很好。」隆點點頭，他停頓了幾秒，迷迭香也沒有接話，兩人無語對視，迷迭香從隆的表情中看出，他似乎還有想要說的話。

「對李賀東這個人，你上心點。」他最後只留下了這句話。

「我知道了。」迷迭香面上不顯，心中卻因為這句話，泛起小小的不安，「還有什麼事要交代，沒有的話經理還是快回店裡吧。」

隆離開後，迷迭香原本還想窩回被褥裡，卻一點睡意都沒有，便將寮裡上下打掃了一遍，還煮了好幾壺水，可供下班的女孩們飲用。

算準了女孩們的下班時間，迷迭香在她們還沒回到寮舍前，躲回了自己的房間。

她原本以為自己這麼主動幫忙公眾事務，薰衣草會稱讚自己，沒想要薰衣草回到房間時，卻是憂心忡忡。

「我看你明天真的得去上班了。」她對薰衣草說，「大家都批評你不共體時艱呢。」

「都在同情店裡經濟，卻沒有人同情我嗎。」迷迭香覺得莫名其妙，指著自己臉上的瘀青，「更何況我是真的不能見人，又不是刻意偷懶。」自己只是一天沒上班，居然弄得雞飛狗跳，看來實在是小覷了自己的影響力。

「好吧，那我說兩個消息，換你來上班的意願。」薰衣草拍拍身邊的座位，示意迷迭香坐到自己身邊。

其實自己早已打算明天會去上班，迷迭香還是裝模作樣坐下，「那也得看情報價值。」

「別人來看或許是小事，但你肯定有興趣。」身為好友，當然知道迷迭香最近所關注的焦點為何，「第一點呢，是秉燭居終於開店了，思思慕慕的李先生也在，我今天遠遠看到了他，看起來是頗為嚴肅的一個人呢。」薰衣草遊說著她，「你呢，不是一直很擔心外套沒還嗎？這下可以在開店的時候去還了。」

上次抱著衣服去又抱著回來，迷迭香不想對薰衣草解釋這麼多，只說仰已經離開秉燭居，沒想要薰衣草為此幫自己多看秉燭居兩眼，竟然也還真的等到了李賀東。

「好吧，我明天就拿去還。」薰衣草這個提議不錯，又不需要多跑一趟，迷迭香勉強接受，心中卻不自主響起隆的聲音，要自己對李賀東上心那句意味不明的忠告。「另一個消息呢？」

「這不算好消息，但你明天得面對，還是今天跟你提點一下較妥。」

迷迭香不喜歡薰衣草故弄玄虛，露出了白眼，「不是好消息也得聽，還真命苦。」

「你的那位常客，陳先生今天又到店裡。」聽薰衣草這麼一說，迷迭香大驚失色，好在薰衣草馬上安撫，「今天鈴蘭去招待，談得頗為愉快。我於是擅自跟鈴蘭說了，以後陳先生要是出現，都可以先去招待。她還問我，『這樣迷迭香前輩會不會不開心呢』。」

迷迭香從鼻子哼出一口氣，「餓鬼假小心。」

「反正你也正煩惱此事不是嗎？」薰衣草敲敲她的頭，「那就交給有工作熱忱的鈴蘭去解決吧。」

迷迭香做了一個微妙的表情，「對鈴蘭好嗎？」

「這就不是你需要關心的範疇啦。」

「你知道她上次跟我說什麼嗎？」迷迭香吊著嗓，學著鈴蘭輕聲細語說話，「說『前輩，陳先生真關心你，對你真好』。」

「哇，不會是個相信真愛的呆了吧。」

「相信真愛存在是天真浪漫，但如果相信男人給你好處就是愛你，那可就是蠢了。」

「人家可是咖啡店新人。」薰衣草臉上扔出一個笑容，「總是要被騙個一、兩次，才能像我們一般看破紅塵。」

「這門生意需要負擔職業風險，太過有熱忱不是件好事。」迷迭香喃喃自語。

「擔心得太多啦。」薰衣草無謂地聳聳肩，將迷迭香的包包拉近，然後伸手探向她的包包中摸索，「無謂的恐懼會礙手礙腳、為別人擔心則是吃力不討好。就讓她放膽做不是很好嗎？又有小費收入，鈴蘭本人開心得很。」薰衣草從友人的包包挖出了牛奶糖，然後將糖丟向包包的主人，「送你顆明天上班加油的祝福，驅魔消災糖。」

ꕥꕥꕥ

一覺醒來，迷迭香在薰衣草的監督下梳妝打扮，刻意只擦了薄薄一層粉，讓瘀青遮也遮不住，兩人才一同出門，步行至綻放。並且在正式開店以前，獨自一人先繞道秉燭居。

秉燭居今天有營業，店門大開。李賀東坐在室內，一眼認出了迷迭香。今天的她身著展露曲線的洋裝，使小腿線條拉長的高跟鞋，一頭蓬鬆烏黑的長髮，塗著完美的眼線，臉上卻掛著瘀青。

道過早安後，李賀東連忙招呼她入內，「仰有跟我說你摔著了，沒想到這麼嚴重。」

「其實沒有很嚴重。」迷迭香擺擺手，「只是在臉上，比較明顯而已。」

原本打算還完衣服就走，沒想到仰居然聞聲趕出，拉了一張椅子要請迷迭香坐，還作勢要倒茶，迷迭香連忙制止，「綻放就要開店了，我也待不了很久，就不用泡茶了。」她亮亮手上的衣服，「今天只是來道謝並還衣服的。」

「那真是巧合，我前幾天都不在店中的。」李賀東接過衣服後，半坐在桌子上，似乎真認為迷迭香選了自己在店中這天到訪是個巧合，「之前甚至有歇業一段時間。」

迷迭香當然不會解釋是薰衣草為自己通風報信的，她餘光一瞟，被一幅放置在地上的畫作奪走了注意力。

是上次吸引了自己目光的那幅畫，年輕女人的肖像。

這次比上次看得更仔細，發現畫作的構圖其實很簡單，一名正面端坐的女人，穿著全黑的長袖洋裝，胸口還有耳朵上則是耀眼的白珍珠。背景是墨綠的底色。

衣物和底色都是深色，卻有著細緻布紋皺摺和粗獷筆刷背景的不同，被包圍在深深的色調之中，畫中女人瀏海下窄窄的額頭、半闔的慵懶眼神和朱紅的小唇都非常吸引人。

見她在看那幅畫，李賀東顯得有些不好意思。

仰倒是抓緊時間，為畫作打廣告，「這畫面使用明顯的顏色對比表現主角，現在還沒裱框，裱框了會更加有質感。」

「不用幫我介紹了。」迷迭香這才發現自己的目光有多麼明顯，她慌張揮揮手，「我買不起這樣的高檔品。」可不要期待自己來交關。

「這幅畫是東先生要送給弟弟的結婚禮物，是非賣品。」仰輕鬆地笑了笑，「我介紹並不是要向迷迭香小姐兜售畫作，只是習慣性地向客人介紹畫作而已。」

李賀東或許覺得這樣講不合時宜，抬頭看了仰一眼。

仰一副無關痛癢的樣子，繼續說了下去，「迷迭香小姐快稱讚這幅畫的美吧，雖然東先生嘴上都謙虛說著不敢當，其實有人稱讚的話，會開心上一整天呢。」

李賀東此刻直接動手，他伸手攫獲仰的手臂，制止了他的發言。

「這幅畫是李先生畫的？」迷迭香此刻才後知後覺理解，她睜大眼睛，「是為了送給弟弟的結婚禮物嗎？」

「是。」李賀東放開了仰的手臂，表情看起來有些不安，「畫中人是我將來的弟妹，林五月小姐。」

「真的很美呢。」迷迭香此時並不是為了順仰的意而稱讚，而是真的覺得這是一幅很美的畫作，「您的弟弟收到這個禮物一定會非常開心。」

「一點小禮而已。」

「怎麼會。」迷迭香忍不住走上前，手撐著膝蓋，蹲在還未錶框的側臉女孩五月前，「我覺得這是一個富含祝福、美感，又新潮的大禮呢。」說到這個，她突然想到了林記者曾說過，李賀東至今未婚的事情。為什麼至今未婚呢？有沒有情人呢？她不禁感到好奇，卻不好多問，於是將話題集中在畫作上。

「真的很棒呢。看到自己出現在畫裡面的感覺一定頗為特別。」

正好迷迭香讚嘆了這麼一句，仰這才看到李賀東尷尬表情，便知趣地轉移了話題，客套問上一句，「要不請東先生為您畫上一幅吧。」

「啊，這怎麼好意思，這麼花李先生時間。況且，顏料很貴吧。」李先生上次為一罐傾倒的顏料惋惜的畫面，迷迭香依舊記憶猶新。

「只是素描的話，材料費會便宜一些。」李賀東終於鼓起勇氣，自己接了一句話，倒讓仰頗為驚訝。

原本只是客氣話，沒想到李賀東還真的有意願為迷迭香作畫。

迷迭香站了起來，不好意思地擺擺手，「不用啦，這樣太麻煩李先生了。」沒想到眼前兩人認真思考了自己無意識說出的話，造成他們兩人的困擾，迷迭香有些愧疚，「別把我的話當真嘛。」

「啊，今年有一位在州政府工作的先生委託東先生要畫下始政紀念日的風景。」仰自顧自地接話，「迷迭香小姐當天會去州廳嗎？」

迷迭香點點頭，「會，我們全店都會出席。」

「當天東先生也會在場呢，得取景速寫一番。再找機會把迷迭香小姐畫進畫面好了。」明明不是仰執筆，卻講得煞有其事，李賀東反而是一副慌張的模樣，讓迷迭香有些好笑。

「不用了，李先生就照原訂的計畫走吧。」她笑著向仰點點頭，「仰先生的心意我心領了，不然就這樣吧，下次如果有顧客聊起文藝界的事情，我一定向他們推薦秉燭居。」

「那可真感激不盡。」

明明李賀東才是店中的主人，但在交際應酬這塊，他真比不上仰的能言善道，只是坐在一旁，隨著他們的談話變換表情，沒插上一句話。

最後，迷迭香眼見上班就要遲到，連忙告辭。李賀東送她出了門口，突然低聲對她說了一句，「謝謝。」

「是我得道謝。」迷迭香連忙回禮，「很抱歉隔了這麼久才還李先生衣服。」

「啊不。」李賀東有點底氣不足，原本就不宏亮的聲音又低降不少，「我是很感謝你對畫作的稱讚。」

迷迭香驚訝於他這麼誠懇的態度，「怎麼會，我只是講出我心裡話而已。」

「讓我送禮時多了幾分自信。」李賀東笑了笑，雖然笑容在他臉上只是一閃而過，「真的是很謝謝迷迭香小姐。」

她有一股衝動想要跟李賀東說，李先生無時無刻都可以拿出自信，這股衝動伴隨著想要告密的慾望，想告訴李賀東說：山下先生為了和您談生意，無所不用其極、林記者也是山下先生那邊的人以及仰先生或許已經被山下先生收買了。雖然她也不知道說了這些能改變什麼。自己甚至連山下先生的生意都不清楚不是嗎？但李先生一切不知情，豈不是太冤枉了？互相知道些底細或許能控制損失吧？

她終究什麼都沒有說，甚至還笑著道別。

回到綻放後，她在廚房打了一天的雜工。只有在下午時分，薰衣草跑進廚房同自己咬耳朵，說常客陳先生光臨了。

「久久一通消息，我等的難道是這個？」迷迭香為表憤怒，將布往桌上一摔，然後在一名走進廚房的女給怒視下，又悻悻然撿起了布，繼續擦拭著酒杯。

「鈴蘭和他打得火熱，火勢很旺呢。」薰衣草推推她，表示自己的新聞很精彩，「可惜你沒有看到。上一週還會為你送錢的男人，一有年輕的女給朝他拋拋媚眼，我用你手腕上的疤打賭，男人的心絕對會不知道飛到哪裡去了。」

「別隨便拿我的身體打賭啊。」迷迭香抱怨了一句，又忍不住附和點評著，「生活果真高潮迭起、撲朔迷離。」

IV

地震發生至今已滿一個月，餘震未息，又因為四處都在重建，綻放的生意冷清不少，客人人數不多，也多不點單價較高的洋酒或是菜餚。

但今天隆卻交代了廚房準備一甕昂貴的佛跳牆，格外引人注目。

中午時分，林記者來訪，隆和他共進了午餐。在綻放廚房高規格的張羅下，這頓宴席菜色倒是不輸高級溫泉旅館的美食。

雖不是自己負責倒酒或送菜，迷迭香穿梭在店中，多多少少聽到了些他們的談話內容。

林記者先是自吹自擂地說自己已和仰先生談妥了條件，如果李賀東先生願意轉賣手下幾座樟腦寮給山下先生，自己將會建議山下先生雇用仰先生做為樟腦寮的管帳。

隆靜靜地聽著，表情不冷不熱，聽完了林記者的一席話，思忖了幾秒，才稍稍皺起了秀氣的眉毛，「條件當然是沒問題，問題是事情真的能如林先生所說的順利進行嗎？」他不以為然，「就算仰先生這麼向你保障，李先生可沒有進一步的動作。」

剛剛還得意自滿的林記者瞬間又回復了小心翼翼的神態，「但是我也已經照山下先生的吩咐，在報上發表了樟腦事業風險評估的文章了，李先生應當讀到了才是。」

「山下先生應該不只要求你發表文章吧。」隆放下了杯子，一手撐住桌子，身體重心靠在椅背上，表情不甚滿意，「如果不能旁敲側擊李先生的心意，無形中對他造成影響，下次再談的結果讓山下先生不滿意，你知道後果吧？」

林記者縮起了肩膀，眼睛還是故作鎮定地盯著隆，「仰先生已經答應幫忙了，下次應當不會讓山下先生失望的。」隆沒有回話，林記者緊張地再補上一句，「山下先生說仰如同李先生所養的狗，但請他安心，只要丟上一塊肥肉就會安靜的。」

聽到這裡，隆吐出一口肺中的空氣，「希望是這樣。」

因為側耳聽得太過專心，迷迭香發現自己已經擦著同一張桌子長達十分鐘，她裝模作樣地收起抹布，整理了一下椅子，這才離開。

林記者離開前渾身酒氣，迷迭香與另一名女給攙扶他至門口，才鞠躬和客人告別。確定了林記者走遠後，兩人才抬起了頭。客人一走，另一名女給馬上擺出了不屑的表情，「排場弄得像大戶，還不是經理買的帳。」她轉身就往店裡走，嘴中還抱怨著，「真不知道經理為什麼要請這樣的客人。」

迷迭香卻愣在原地。因為她看到對街的秉燭居大門敞開，仰正站在門口，兩手環抱著胸，歪頭對她露出一抹難解的微笑。

迷迭香不知道這是什麼意思，仰剛剛確實看到了林記者離開他們店中，但他應當不知道自己是他們談話的一大重心，為什麼露出了勝利式的得意表情呢？

就在她遲疑的那一瞬間，仰做了一個花俏的邀請手勢。迷迭香疑惑地指著自己，仰點點頭，再度邀請她前去。

雖有遲疑，迷迭香終究在對方的注視下，走到了仰面前，「看起來仰先生有話對我說。」

「先進去吧，我為迷迭香小姐泡茶。」

「不用。」秉持著氣勢不能輸的意志，迷迭香盡量將話語說得簡潔果斷，「就在這裡講吧。」

「那我就開門見山。」仰也不囉嗦，直接問，「林記者駕臨綻放，應該是為了山下先生和東先生的生意而來吧。」

迷迭香心中有些驚訝，還是穩穩控制住表情，沒有否定也不肯定，「我們做人生意的，可不能洩漏這類的訊息。」

「可以偷偷告訴我，我可不會說是迷迭香小姐洩漏的。」仰不知道是開玩笑還是認真的這般慫恿著。見迷迭香戒心頗重，停頓了一下又說，「我看迷迭香小姐雖然在山下店中工作，卻也不是為那位賣命的人，現在就不用努力地保護林記者了，他會耍什麼把戲，我們也還算了解。」

跟仰說話真是得費盡心思，他是個話中含意頗深的人，與嚴肅卻真誠的李賀東完全相反。「我為山下先生工作當然是個事實，但仰先生後段話的根據是什麼呢？」

「為山下先生工作的人很多，為他賣命的人卻不算多，像是你們經理或是林記者就是冊上有名。」仰開天窗說亮話，「迷迭香小姐既然不在這麼任重道遠的職位上，自然不用在這時候裝傻，我說過的，底細我大概都能掌握的。」迷迭香沒有回答，眨眨乾澀的眼睛，盯著仰。仰自知還沒有獲得她的信任，滔滔不絕地繼續說著，「當然，迷迭香小姐不是山下先生那方的，也不代表就是東先生這方的，自然可以保持中立，靜觀其變。如果我是你的話，評估完雙方狀況後，我會給東先生這方一點好處。」他神祕兮兮地壓低了聲音，「私下的，不讓山下先生知道。」

話都說到這，她心中暗知自己上次估計錯誤。林記者的評論有一半說錯了，仰是李先生所養的狗，但絕不是丟下一塊肥肉就會安靜的動物，而是會小心翼翼保護主人安全，虎視眈眈盯著有威脅疑慮的眾人。

「我是不知道他為何而來，只是負責送客的。」迷迭香攤攤手，對於如此兇猛的仰，裝得自己什麼都不知道才是絕策，「當然我也不會去打探，這是基本的職業道德。」

仰無辜地眨眨眼，「啊，如果真的不清楚那也沒有辦法了。」露出一個明顯假意扼腕的表情，「剛剛對迷迭香小姐態度不佳的地方，我願意道歉。」

迷迭香疑惑地瞪著他，摸不清他的用意。「我不理解……仰先生這番話的用意……」

「其實也不用想得如此複雜。」仰聳聳肩，「就當作我想要拉攏中立的迷迭香小姐就行了。」

這位先生到底是深謀熟慮，還是見機行事呢？「您怎麼敢肯定我是中立的呢？」

「因為上次迷迭香小姐在門口停下了腳步，沒有開口幫忙，反而不願意扯上關係，我是以那次的行為作判斷的。」

「喔。」他說出了自己不小心聽見他們談話這件事，讓迷迭香有些尷尬，「原來那次仰先生有注意到我。」

「畢竟我不像林記者完全背對著迷迭香小姐嘛。」

「其實我以為仰先生已經完全被山下先生拉攏了呢。」迷迭香拍拍胸口，餘悸猶存。見仰是想到什麼就說出口的人，自己也打開天窗說亮話，「沒想到，您是如此積極行事的人。」

仰聽到她這麼說，嘴角露出一個大角度笑容，「謝謝你的稱讚。」

「不不不，我那句話絕對不是在稱讚仰先生。」

仰好像沒聽到迷迭香這番話，滿意地點點頭，「朋友多一個是好，敵人少一位為妙。我會打從心底將迷迭香小姐當作自己人的。」

「在山下先生身邊安插自己人嗎？」迷迭香冷哼一聲，「這算盤打得真好。」

「當然。」仰的右手按著胸口，微微彎了下腰，「這是我的榮幸。」

我已經對大人物間迂迴的勾心鬥角感到厭煩了。迷迭香心中這麼想著，厭惡地瞪著笑臉迎人的仰，老是想要討好誰或是想獲得些什麼，她不想要這麼費力地生活著，於是想儘快結束這段談話。沒想到才剛要告辭，李賀東卻從店中探出頭。

他居然在店中。

李賀東見到他們兩個站在門口談話，看來還談得不是很愉快，露出了意外的表情。「迷迭香小姐怎麼不進來坐，而是站在門口講話。」他趕緊招呼迷迭香，對著仰說，「去泡壺茶吧。」

「啊，不用。」迷迭香尷尬地擺擺手，「我就要告辭了，不用麻煩的。」

在她看來，仰和李賀東的相處很微妙。照理說應該就像是山下先生及隆的關係，但隆是頭徹底的忠犬，山下先生下指令要他往東，隆是連東南方都不會看一眼的人；而仰則相反，李賀東看來並不下令，只是悠閒地走自己的路，仰卻會在四周為他探路，並對經過的各路人齜牙咧嘴。以此類推，她猜測李賀東並不知道仰在背地裡的所有手腳，包括和林記者的見面還有拉攏自己的大動作。

迷迭香急著要回綻放，李賀東倒是客氣挽留，「進來喝杯茶吧，迷迭香小姐是有事來相談嗎？」

眼前這位卻以為是自己送上門來，迷迭香猶豫要不要直接說出，是仰邀請自己到秉燭居前的。

「啊，是我找迷迭香小姐有事的。」仰舉起手，直接了當說明。正當迷迭香視線轉移至仰的同時，見仰面不改色說著不知是預謀還是臨時編的謊言，「牢田先生下次來訪時，想要邀請他至綻放用餐，地點近、價錢又較低。」他講得煞有其事，「我正在拜託迷迭香小姐透漏價錢較低，看起來又比較高級的洋酒。」

迷迭香還來不及接話，李賀東卻臉色大變，尷尬地說，「別這樣，這是商業機密，迷迭香小姐也不能透漏的。」

仰頗具有戲劇細胞，迷迭香接不上話，只能陪笑。

「有什麼關係嘛。」仰拉長了聲音，「我們也算是關係良好的鄰居吧。」

迷迭香連忙打斷了他們，「如果李先生來光臨，我一定會向你們介紹美酒佳餚的。」

「那就拜託迷迭香小姐了。」仰轉向李賀東，比出一個完成了的手勢，「好啦，事情解決了。東先生不用再擔心現金的問題了。」

李賀東表情尷尬。

迷迭香渾身不自在，想先告退，「如果沒有其他事，那我就先告辭了，我還有工作要做呢。」

「啊，當然當然。」李賀東捏緊自己的帽子，侷促地向她告別。

為了緩和李賀東的情緒，迷迭香露出了最為溫和的笑容，「那我就期待李先生和客人的光臨囉，一定給你們介紹最好的菜單。」

「客人牢田先生是熟人，我們可以不用點最好的。」仰又插嘴，「要不昂貴看起來又不太寒酸的。」

「那可以點炒空心菜。」面對仰為難人的要求，迷迭香秉持專業回應，「大盤，綠油油的也好看。」

✻✻✻

和李賀東約定的日子還沒到，南島的潮濕酷夏卻悄悄光臨。迷迭香本來就不是熱衷於工作的人，隨著天氣漸熱，更是抓緊時機，一有空檔便溜到溫度較低的二樓偷懶。

隆每每看到就念她幾句，迷迭香有恃無恐，有時甚至跟他說，「快下樓，客人需要你。」隆最激烈的反應也只有瞪她一眼，依舊束手無策。

一日，迷迭香照舊賴在二樓，在酒櫃旁倚靠著窗戶，其實跑到二樓來也沒什麼事可做，總覺得趴在窗戶上眺望街角都比在樓下穿梭有意義。

此時一人朝綻放走來，迷迭香注意到那人，從上方望見他戴著帽子的頭頂，這頭頂沒來由地眼熟，自己絕對認識來客。就在她撐著臉、瞇著眼想要仔細多瞧幾眼的同時，已站在店門的對方突然像是感應到她的視線一般，抬起頭——

是山下先生。

迷迭香尷尬地先是將手放下，山下先生倒是不介意一般，不只伸手朝她揮了揮，甚至還對二樓窗內的她露出了笑容，才邁步進入綻放。

迷迭香在山下先生進入綻放後，才急急忙忙地撩起裙擺下樓。

山下先生雖是幕後的老闆，出席綻放的機率卻不高，店務一般由經理打理。經理和迷迭香以外的員工多數不瞭解這位老闆，只當他不管事，常笑容滿面，店內的福利也相較於其他的店家高，眾人都敬愛他三分。

山下先生此行向眾人宣布兩件事：第一件是和官方打好關係的例行公事，始政紀念日當天州廳會有慶祝活動，綻放員工們必須全體出席。

第二則是七月開始，地方有力人士因應鄉村的災情，希望可以籌辦賑災義捐音樂會，場次和時間都還沒有確定，但會場需要招呼的工作人員，綻放的人手得去支援，綻放當天就不開店營業，而出席的工作人員薪水一天是一塊錢。

山下先生所支付的薪水雖比平日小費的收入來得少，眾人都因為這個委託是由山下先生親自提出，也幫得上災民的忙，願意接受。

山下先生看眾人踴躍參與，顯得很滿意。事後，在隆的提議下，決定用完晚餐後再走，順便關心一下店中的營業狀況。山下先生今日的晚餐是平價的店中熱門菜，刈包。隆卻直擔心山下先生認為太粗飽，緊張兮兮地張羅著食物。明明山下先生只點了平價的一道菜，送上來的卻又硬生生多了幾道。

他見桌前食物明顯超過一人份，只是輕描淡寫地說，「迷迭香和隆一起來吃吧。」

他們兩個只好坐下。三人在店中貴賓使用的小包廂進食，整個用餐過程，迷迭香沒有講超過五句話。

山下先生先是向隆提醒始政博覽會的出席人數一定得過半，又說他當天會去，千萬別讓別人看笑話了。隆點點頭表示了解後，問了山下先生賑災演奏會當天的花費和收入。

「都說是賑災了，怎麼敢跟主辦單位多收錢。」山下僅淡淡表示，「自然是入不敷出。」

「這樣啊。」隆皺起了眉，「店中最近收入不高，包攬演奏會的招待或許有點辛苦。」

山下笑了一聲，一口喝掉杯中的酒精，「我以前有跟你們說過，什麼債都有還清的一天，就只有人情債最難擺脫吧。」

迷迭香不清楚山下先生在自己身邊講這番話是否在諷刺自己，既然他不講明，自己也不必有反應，於是靜靜在一旁將山下先生的杯子重新盛滿琥珀色的洋酒，不插嘴。

隆點點頭，「如果必要的話，我的薪水可以先不拿。我再跟秀一郎討論一下該如何節省成本。」

「交給你們啦。」山下滿意地點點頭，又吃了幾口食物後，突然又說，「上次跟你提的，向秉燭居訂的幾幅畫，我退掉了，這筆錢可以省下，不必支付了。」

迷迭香聽到了熟悉的關鍵字眼，很想要追問為什麼，卻隨即壓下了自己的好奇心，靜觀其變。

隆聽到山下先生這麼說，露出了錯愕的表情，「三、四月就定下的事，可以臨時更改嗎？」

山下無所謂地聳聳肩，「沒關係，我已經通知他們退掉了。」

隆有些震驚，躊躇幾秒後追問，「所以李先生方面是確定不願意轉賣樟腦寮的權利嗎？」

山下沒回答，但見他複雜的笑容，看來交涉是告吹了，而既然雙方撕破臉，山下自然不願意再花錢與李先生買畫攀關係。

雖沒有講明，和山下同在包廂內的兩人同時了解了狀況。迷迭香表面上平靜如昔，其實正饒富興味地觀察著山下，希望能從他臉上看到一絲的挫折失望，可惜山下還是如平常一般，掛著一絲的笑容。

反倒是隆，顯得震驚且不可置信。他的眉毛皺起幾乎打結，嘴角下垂，雙手緊緊交握，「林記者還跟我信誓旦旦保證。」

「下次也不用讓他進綻放了。這樣也省掉一筆開銷，不錯吧。」迷迭香心中幸災樂禍一番，林記者看來是被剔除在山下先生的信任名單外了，可喜可賀。他們很快地不再談論這位記者，但無論什麼話題，迷迭香都插不上話，只得專心吃飯，豎起耳朵注意話題的走向。

「地震過後，眾人都說磚造的屋子不夠安全，因應未來，得換成混凝土的建材。」隆憂心忡忡，「就算勉強維修也不是長遠之計，理想中是該換成混凝土。我有問過銀行貸款，利息卻比預期中高得多，說實話綻放現在無法負擔。」

隆如果不論一提到山下先生就盲眼的個性，其實還真是個好經理。

「建物還很新，能堪用吧。如果花不起就不要花。」明明是自己的店面，山下先生卻對這個話題顯得意興闌珊，「現在擔心生意比較實在喔。我說過的吧，綻放是盈虧自負的，除了創店的那筆，我不會再投資更多了。」迷迭香從不知道山下先生說的是真話假話，能確定的是，山下馴養旁人的方法一向是糖果與鞭並用。果不其然，恐嚇完了，山下臉上馬上堆滿笑容，「這是信任你能力的決定呢。」

隆連連稱是。

與隆相反，山下先生的構成成分，不管單抽出哪一部分，都不算是個好老闆。至少自己是這麼覺得的。

迷迭香安靜待在一旁，不解地看著眼前發生的一切，滿肚子疑惑卻裝作若無其事。隆又不是笨蛋，相反地，是個腦筋靈光又積極的傢伙，究竟為何就是看不破山下先生的把戲，反而認命任他差遣呢？

隆和山下對話告了個段落後，又開了瓶酒精濃度不低的洋酒。迷迭香識相地接過了新酒瓶，為他們兩個面前的酒杯倒滿酒。

「你自己也喝吧，咲。」山下先生突然這麼叫她。這個許久未聞的名字弄得迷迭香渾身不舒服。

在咖啡店的生態中，為了讓捕食者眼中的肥羊，也就是顧客，多買幾瓶酒，有些女給們自己會喝掉大半瓶的酒，讓顧客點更多的單，但迷迭香的工作模式並不是這樣，多數時候她更傾向靜靜啜飲杯子裡的清水，並適時給予顧客需要的回應。因此，在山下先生逼著自己喝下第一杯酒時，她感受到了食道及胃像是要燃燒起的炙熱痛楚。

接著，山下先生像是在她痛苦的表情中找到樂趣一般，又將一杯滿滿的洋酒推到了自己面前，「來，乾了它。」

❀❀❀

喝了酒後頭很重，身體很熱。她還是打起精神，送山下先生到車站，山下先生在上車前突然問她，「剛剛吃飯時，是不是不理解隆的心態。」

迷迭香沒有回話，在山下先生身邊她一向寡言，反正多說多錯。

「知道為什麼你不能理解嗎？」山下先生明明也喝了不少酒，精神卻頗好的樣子，侃侃而談，「因為你和他不一樣，是完全不同的人。」

「解答了等於沒有說。」他們兩個人一同坐在公車總站等公車，感受著五月的徐徐涼風，「山下先生覺得拐彎抹角的說話方式可以讓自己顯得高深莫測嗎？」

山下先生面對迷迭香的頂撞，表情沒變，笑容反而更加深刻，「最大的不同在於，你不懂如何感激。不感激我為你取名、給你工作和歸屬。你永遠也不會感激現狀，但又害怕失去現狀。」

「我很感激山下先生給予的一切。」迷迭香覺得他誤會了，便這樣澄清著。「但如果您說話能再直接了當一些，我會更加感激。」

山下先生完全不理會她的回答，反倒自說自話，「和人相處的方式有很多，多數的人適合糖果與鞭子一併使用。」他捧起了她臉頰旁的秀髮，「至於你呢，只要給你痛覺就夠了。」

丟下這句莫名其妙的話，山下先生所等待的車剛好到達，他留下一個神祕莫測的笑容，腳步輕快地上了車，徒留迷迭香在原地。

直到車子駛離，迷迭香才開始步行回綻放。

走在街上，眾人都閃著這名渾身酒氣的女子。她沒空理會路人譴責的表情和微妙的肢體動作，心中思索著山下先生謎樣的話語，越是不明白。奇怪，怎麼越走越熱，迷迭香開始扯著衣服，脫下了洋裝上的外套，再笨手笨腳地想要將它收進手提包中，一瞬沒注意路況，撞上了路旁的電線桿。

「啊。」她哀號著，外套和包包都掉到了地上，兩手摀住鼻子，「好痛。」倚靠著電線桿，她痛苦地蹲了下來。

蹲下後，她才發現自己全身都在顫抖，尤其是兩隻腳，細細的鞋跟幾乎不能支撐自己的體重，她只好將額頭靠在電線杆上，尋求一些穩定的依靠。可惡，自己幾乎都要走回綻放了，怎麼會在這個節骨眼撐不下。

逞強的同時，她突然覺得有點荒唐。為什麼老受傷？覺得撐不下去又是從哪裡學來的矯情新技能？

奮力抬起頭後，她感覺到了鼻腔有股溫熱的液體流出——流鼻血了。

她仰著頭不讓鼻血流下，一手捏著鼻子，另一手則在置於地上的提包裡翻找，希望拿到手帕。可惜因為沒有視線的輔助，怎麼樣就是找不到手帕。

她的形跡實在可疑，有幾名路人停下了腳步，似乎在猶豫著要不要上前幫忙，又因為一走近就聞到酒氣而卻步。終於有兩名結伴的女子走上前，扶起她還為她找到了手帕。

迷迭香連連道謝，終於站起了身，還未看清楚救命恩人的長相，對方就像是不願意和她扯上關係般逃之夭夭。

迷迭香看著她們走遠的背影，還有幾名原本圍觀的路人快步離開的腳步，這才感覺到，平常就算說工作的女人是新時代的代表，穿著洋裝、蹬著高跟鞋是摩登的象徵，眾人還是忍不住將她們安上品格敗壞的標誌。

一瞬間感到挫折，隨即又想著，一定是因為滿身酒氣的關係，別人才會避之唯恐不及。迷迭香壓著依舊流血的鼻腔，整理了一下情緒，再度邁步走回住處。

她決定不再思考山下先生的話語。

或許是因為店中的情況不如從前，工作人員難免帶些憂鬱的情緒，她可不想要深陷這種憂傷的漩渦中。

讓迷迭香感受最深的莫過於最親近的友人，薰衣草。她一手輕輕摩擦著左手腕內側上的疤，踏入住所時提醒自己現在必須打起精神成為薰衣草的依靠。

※※※

薰衣草最近將頭髮剪得更短，在下班後還時常跑他處的應酬，回到家的時間通常比迷迭香還晚，卻依舊起得較早，迷迭香知道她憂鬱時喜歡趴在矮桌上沉思，而最近這段沉默的時間拉長了。一名客人做了一件灰色格子的新裙送她也未見她心情有絲毫好轉。

迷迭香自然也問過她狀況，薰衣草總回答得漫不經心、支吾其詞，迷迭香也摸不透她的底細。幸運的是，隔天上班前，坐在鏡前的友人在畫好了上揚的眼線後，突然跟她說，「謝謝你昨天的關心，今天好多了。」

迷迭香對她眨眨眼，並沒有追問薰衣草到底是發生了什麼事情，畢竟有些事也不是對所有人都能分享的，薰衣草能打起精神就好。

第二位憂鬱的角色當屬全權負擔綻放生死的隆經理。每天都緊皺著眉，對店中的環境、女給們的態度、菜色的鹹淡還有湯的濃度多有挑剔。

在一次收店結帳完後，隆不滿一名女給讓客人賒帳的次數過多，對著人家小姑娘破口大罵時，迷迭香終於看不下去，決心出手救援。

「經理，這件事沒有必要發這麼大的脾氣吧。」她開口的那一瞬間，不只是隆住口，整個綻放都靜了下來，她甚至還聽到了恐懼的抽氣聲，「對她大吼沒有用，重要的是怎麼解決這件事吧。」

隆一手撐著桌子，一手壓住自己的額頭，雖臉上還帶有怒意，但看來已經冷靜了不少，「好，就來討論解決辦法吧。」

女孩哭哭啼啼的，還是打起精神回答，「那位說過自己住在千城橋通。」

秀一郎也插口，「賒帳名單裡也有紀錄。應當追查得到。」

「三天，就三天時間。」隆經理對著女給，也像是對著全店發言，「如果在三天內，這名客人光臨，一定要通知秀一郎或是我出面；如果三天後沒有光臨店中，或是來了仍不還錢，秀一郎會親自去他們家中收帳。」

女孩眨著淚汪汪的大眼，委屈地點點頭。

「不用擺出這般委屈的表情，讓客人賒帳過多，是女給的錯誤。」迷迭香在一旁冷冷道，無視店中再度變得詭譎的氣氛，她接著轉向隆，「經理也是，這件事不是沒有先例，也不是不能解決，請經理不要發無謂的脾氣。」

女孩狠狠瞪了自己一眼，迷迭香不是沒有發現，只是她現在更關心隆的反應。還好隆只是乾咳了一聲，「那今天大家都辛苦了，下班吧。」

在眾人稀稀落落離開同時，隆一個眼神看向迷迭香，她知道是要找自己私下談談的意思。好在她也從來沒有在懼怕經理，態度無謂地跟上，兩人走到了樓梯下的小空間，樓梯腳下放著同成人腰間高的花架，花架上擺著一盆盛開的鮮花。可惜兩人的情緒現在都沒空欣賞鮮花。

「你剛剛說話的態度，不太好。」隆深呼吸了一口，才開口，聽得出他試圖讓語氣聽起來較為和緩。

「還好吧。」迷迭香一臉無所謂，「我才不想要管你們的什麼脾氣，事情解決，然後下班不是很好嗎？」

隆擺出一臉自己已經沒有救的樣子，不贊同地搖了搖頭，「說你交朋友不會，樹立敵人的功力倒是不差。」

工作人員已經陸陸續續離開店中，迷迭香看薰衣草已經穿好外套，提著包包站在門口等待著自己，便想要快點結束和隆的對話，「我知道你壓力大，但這不是我們應該承受的。」

「我只是想要提醒你發揮同理心。」

「我跟你好像真的談不上話。」迷迭香歪著頭，「話不投機半句多。」

隆呼出了一口氣，一隻手撐在花架上，耐住性子循循善誘，「如果你願意在店務上多幫我一些，我會很感謝。」

迷迭香猶豫了一下，其實也瞭解隆的壓力來源，於是放軟了態度，「我個人認為，綻放對山下先生也是重要的資產，山下先生絕不會袖手旁觀的，你實在不用太擔憂他上次的一席話。」

「我當然也希望綻放賺錢。」隆低著頭，伸出右手擺弄了一下植物嫩綠的枝葉，「想要趕快存到足夠的錢，把建築物改成混凝土的。」

「這事急不得。」迷迭香笨拙地拍了拍隆的手臂，她和隆相識已久，但像這樣的安慰戲碼卻是鮮少上演，「下次再和山下先生提一下吧，選他心情好的時候，別擔心。」兩人在相識多年以後，終於出現了有點想要瞭解彼此或體諒對方的情緒。

隆沉默了幾秒，有點猶豫地開口，「其實……我和山下先生提過你的事情。」

迷迭香尷尬地收回手，乾笑了兩聲，「我不喜歡當話題中心。」

「我認為，山下先生現在的安排……報復的成分居多。」隆的咬字很清楚，講話的內容卻很模糊，非迷迭香的旁人是聽不懂個中意涵的，「我覺得這樣下去不是辦法，我也很擔心你。」話說到這裡，像是擔心迷迭香誤會，隆又補上一句，「在店裡出人命的話，綻放的立場會很為難的。」

迷迭香冷笑了一聲，也不怕旁人側耳聆聽，「你們還怕我自殺，別傻了，都活到這麼大了，怎麼可能做虧本的生意。」

「總之，我跟山下先生提過，你在店中的表現是沒問題的。」隆裝作沒有聽到她的冷言冷語，「希望那位可以儘快原諒你。」

「我有做什麼事情是得求山下先生原諒的？」迷迭香看隆的態度就上火，口氣忍不住衝了起來，「店中支薪也少，我賺的小費剛好過活，寮舍的租金也沒有欠租，每天也都來綻放報到，我到底哪裡不對了？」

隆撇下了嘴角，「態度不對。你從來不懂感激。」

迷迭香不知道是否有張寫著「此人忘恩負義」的紙貼在自己背上，不然為什麼連隆都這般說。雖說隆本來就與山下先生一鼻孔出氣，但此刻兩人的重疊度之高，活像是隆的臉上浮出了山下的五官，還有他獨有的惹人厭笑容。

「算了，我不喜歡跟講話拐來彎去的人說話，傷神。」迷迭香勾起包包，攏攏頭髮，「薰衣草在等我，我先告辭了。」

「你究竟是來找架吵的，還是真擔心店中狀況？」迷迭香已經邁步要走，隆又在自己身後拋下一句問話。

迷迭香轉過頭，原本想要惡狠狠地瞪向隆，卻忍不住露出了一臉複雜的表情，有憤怒、無奈也有困惑。

兩者都不是，如同你擔心我，我也擔心你的狀況，你剛剛不也這麼說：店中如果發生自殺事件是很難處裡的。

但，到底為什麼呢？為什麼你要為山下先生拋頭顱灑熱血？綻放賺再多經理也只是拿固定的薪水，也沒有小費收入。不要為山下先生賣命，他不把你當人看的，只當你是棋盤上任意驅使的棋子，如果以象棋為例，山下先生當自己是帥，那你則是只砲，雖然說自己更不如，最多一個卒吧。

你明明可以更加輕鬆地活著。

這個疑惑太過複雜，隆當然無法從她的表情中得知。最終，迷迭香只說，「明天我會好好工作，多賣幾瓶酒，讓客人多點單，不要太擔心。」

隆點點頭，「我知道了。今天工作辛苦了。」

瞬間，他們又回到了應當的距離，不用體諒也不需了解，維持著相識了許多年一直保持的安全距離。迷迭香也冷漠地點點頭，客氣回說，「經理今天也辛苦了。」

※※※

因為自己昨天的乖張表現，店中幾名原本就看自己不順眼的女孩，更加明目張膽地挑釁自己。

其中最為積極惹怒迷迭香的當屬美麗的鈴蘭。她坐在原本迷迭香的常客陳先生身邊，在迷迭香走過的瞬間，居然特別轉過頭，對自己露出了一個勝利式的微笑。

迷迭香秉持著大愛，認為如果她挑釁自己可以獲得精神上的成就，那就這麼辦吧，反正一個笑容對自己的影響也就如同蚊子叮上牛角一般。比起鈴蘭，其實坐在鈴蘭身邊那位，也就是曾送來五圓的陳先生，對自己的無視反應，讓迷迭香更為留意。

好悲傷啊，戀愛這般桃色遊戲，轉眼即逝。年輕美麗、現代摩登的女給像是陳列在店中，可供選擇的攻略對象，讓客人秤斤論兩。要追求你時，可以百般討好，不要時又隨意丟棄。迷迭香很疑惑玲蘭是真的覺得自己勝利了嗎？還是她在心底的某一處也像自己一樣，因為這份工作，遲疑起了自身的價值。

這個疑惑今天盤旋在她心中，沒有得到問題解答。

晚餐時間，綻放來了一組客人，是老早和迷迭香預約好炒空心菜的李賀東一行。

迷迭香只得將迷惘的表情收起，晾出了商業性的完美微笑角度，前往招呼。

李賀東一行有四人，除了認識的李賀東及仰之外，還有另外兩名不認識的男子，一名中年上下、另一名則是青年才俊，看起來與李賀東甚至有幾分神似。

「這名是牢田先生。」在迷迭香招呼他們入座，並做完簡單的自我介紹後，李賀東禮尚往來地向她介紹，「牢田先生是現任豐原驛站的站長。」

「喔。」迷迭香有點驚訝是一位大人物呢，「貴客光臨啊，仰先生可是不能只點一盤空心菜了。」

「沒關係，我愛吃空心菜呢。」牢田先生不知道是認真還是開玩笑地回應。他的體型中等，頭髮隨意分邊，因為年紀已屆中年，和同桌三人相比，下巴明顯放寬，鼻頭也較有肉，臉頰上不少紋路和曬斑，迷迭香細看了幾眼他的細紋，暗想他是個常開朗大笑的人。

「站長先生還真是客氣呢。」她觀察人的同時不忘推銷店內商品，「但店中還有很多菜色可以選擇，我們要是光招待青菜怎麼說得過去。」

「這點迷迭香小姐就不需擔心。」仰這時呼出了一口氣，插話，「這餐是東先生請的，我們點什麼，牢田先生就得愛吃什麼，對吧，牢田先生？」

被小輩這般恐嚇，牢田露出了好氣又好笑的表情，卻也沒有發怒。

「牢田先生難得來一趟，別這般為難人家。」最後一名陌生青年笑笑阻止了仰想趁勝追擊的心，「哥一定也想好好地招待先生吧。」

剛剛完全沒有插話餘地的李賀東這才跟迷迭香正式介紹了最後一人，「這位是我的弟弟，賀興。」

迷迭香坐在桌前，手交疊在膝上，連忙稍稍鞠躬作為招呼。心中想著，這位就是畫中那位林小姐的未婚夫啊。

「迷迭香小姐，你好。」李賀興是與李賀東不同類型的人，雖五官神似，但李賀東總繃著一張臉，讓人摸不透是緊張還是嚴肅；李賀興卻是輕聲細語，見人先微笑的類型。

在迷迭香的遊說下，李賀東一行不只點了原先預定的空心菜，外加高檔的紅悶魚和佛跳牆等等，及一瓶三得利威士忌。好不容易張羅好菜單，迷迭香回到座位上，李賀東等人選了一處五人座的圓桌，此時的空位剩下李賀東和仰的中間，迷迭香不做多想即坐下，只是坐在李賀東另一邊的牢田先生突然伸手，穿過李賀東，向自己遞上一支菸。

因為回過身，香菸就湊到了自己鼻前，讓迷迭香嚇了一跳，身體撞到椅背，連同椅子退後了半步距離。

「啊，不好意思。」牢田當然知道自己嚇到了迷迭香，但他認為只是小事，也不在意，「只是想要問女給小姐要不要吸菸。」

「不用不用。」迷迭香很感謝他的好意，卻還是連忙拒絕，「我不吸菸的，謝謝牢田先生。」

其他人沒有把這當一回事，迷迭香本人又壓根忘記了李賀東知道自己會吸菸，自然也沒有注意到自己撒這個小謊時，李賀東當場露出的困惑表情。

廚房很快送上了所點的食物，這個小插曲也隨即被遺忘。牢田先生和李賀東似乎是忘年之交，因為家庭緣故，豐原驛站站長的身分就做到今年八月。在調離工作場合前，牢田先生撥了一個空檔，前來關心李賀東先生的裱畫店。

「牢田先生是第一次來到秉燭居嗎？」迷迭香聽他們閒聊，插嘴問。

牢田先生稱是，說李賀東是全豐原最低調的人，早在兩年前就聽到他開店，卻一直沒有機會拜訪他的店面。

「您太忙碌了。」李賀東澄清，「我的店內也沒什麼可招待您的東西，才一直沒有邀請您。」迷迭香沒有問牢田先生調職之後要在哪高就。她不算是位健談的女給，更多的時候只是靜靜聽著客人們說話。

「仰你可不要灌醉牢田先生。」李賀東見仰又在牢田的杯子中倒酒，連忙阻止，「這樣我送牢田先生回去時會有麻煩的。」

「只喝這一點不會醉的。」牢田先生笑嘻嘻地讓仰將自己的酒杯裝滿，「不然也會給咖啡店添麻煩的。」

「請不要擔心這麼多。」迷迭香將酒杯推到牢田先生面前，「可以讓客人們盡興，才是店內最重要的工作。」

第一次見面的牢田先生似乎頗喜歡迷迭香，直誇她人美、招待又周到。「咖啡店真的是新時代象徵啊。」他意有所指地對李賀東說，「女性們都能這樣侃侃而談，你也得好好學學才行。」

「怎麼拿我跟李先生比呢？」迷迭香哭笑不得，覺得牢田先生或許是開始醉了。

「迷迭香小姐絕對不要小看自己，也不要高估這傢伙。」牢田先生緊緊抓住李賀東的肩膀，擺出了長輩訓話的姿勢，「賀東啊，你要是在我離開前可以在群眾中侃侃而談，大聲說出自己要什麼、心中在想些什麼。談話中間不要尷尬、不要停頓，這樣我一定很感動，終於看到你長大了。」

李賀東看來想要安撫他，卻無從下手，居然求助似地看了迷迭香一眼。迷迭香覺得好笑。他們席間氣氛不錯，卻是建立在調侃李賀東的基礎上。

「東先生，離期限還有兩個月。」仰插嘴，「你真的是要加把勁了。」

「什麼期限？」李賀東不敢相信仰居然也背叛了自己。

「在牢田先生離開車站前的期限啊。」李賀興非但沒有要幫助哥哥，反而打蛇隨棍上，「我們是寄望你成材啊。」

李賀東看來是插不上話了，只好自己撥弄著碗中的青菜。迷迭香看他無奈的樣子好笑，為他倒了滿滿的一杯酒。

「謝謝。」李賀東道謝，接過了酒杯。

「李先生脾氣也好，不介意別人的玩笑。」

「也不全是玩笑。」李賀東無奈地呼出一口氣，「我不善言辭是事實。」

「我覺得不會不善喔。」迷迭香撐著臉，對他笑了笑，「李先生只是話少，講出來的話都得體，我認為這樣不算是不善言辭。」

坐在李賀東身邊的牢田先生聽見了他們的對話，大力地拍了拍李賀東的背，「迷迭香小姐在安慰你呢。」他轉過頭，對迷迭香大肆放送李賀東的私事，「幾星期前，趁著這次地震，役場方面的委員會開會時，東也在場，突然被委員點名，問他有沒有意見，他那時候的尷尬表情可惜迷迭香小姐沒有看到，非常難忘呢。」

「在討論什麼議題呢？」迷迭香沒有太追問李賀東的洋相，對決議倒是頗有興趣，「怎麼會突然點名李先生。」

「其實是一一唱名，只是點到東先生時他剛好在發呆。」仰冷不防補上一句。

「是要決議要將豐原街全部再增四問寬度。」牢田先生回答了她的疑問，「想要請總督許可，徹底改造窄小的巷弄。」

「說到這個話題，可不能同意。」李賀東搖搖頭，撇下了嘴角。

迷迭香追問了為什麼，李賀東才為她解釋。為了要擴建道路，似乎要拆除慈濟宮的西護厝，或是地方的金融中心彰化銀行。慈濟宮佔地八百多坪，是地方上香火鼎盛的廟宇，享有兩百年的歷史，總歸一句，他搖搖頭說，「慈濟宮是絕對不能拆的。」

「當然不能拆啊。」迷迭香驚訝地眨眨眼，對於役場方面的心態感到不解，「媽祖娘娘不會開心的。」

「話不是這麼說。」牢田先生拍拍桌子，清了一下喉嚨，「只是把廟轉移到他處，香火不會滅，也可重新裝修，不會輸舊時風貌的。」

迷迭香不諒解地搖搖頭，「不能的。」她沒有多想就否決了這個建議，女給們總被認為是新時代的象徵，但在她心中，廟宇和時代沒有關係，不管多新潮，信仰總是要存在的。

「都怪哥沒有好好阻止這件事。」李賀興埋怨著哥哥開會不認真。

李賀東連忙自清，「我有好好地表達了反對，應該說，贊成的人並不多，這件事畢竟還要再議。」

牢田不贊同地撇撇嘴，喝了一大口酒。仰注意到了這桌子只有牢田持相反的立場，便安慰了他幾句，「牢田先生也不要擔心，這事情呢，總有辦法折衷的。」

「這可不能折衷！」李賀興喊了一聲。

李賀東也點點頭，低聲附和，「人類為了生存和神明搶地，前所未聞。」

「算了算了。」牢田先生擺擺手，不與他們爭辯，「這件事上，我也沒有決斷權，也不用堅持自己的看法，弄得氣氛差。」

「有決斷權的單位是哪個呢？」迷迭香問。

「是地震後的復興委員會，由幾位街長組成。」李賀興回答後歪歪頭，因為感覺到迷迭香對慈濟宮這個話題特別有反應，便問她，「迷迭香小姐到過慈濟宮？」

迷迭香點點頭，只是含蓄地稱是，沒有提到自己其實也出身自那附近。事後她想到，仰和李賀東都知道自己是上南街人，當下也都沒有多說什麼。

「本島人對廟宇實在是熱心呢。」牢田不帶貶意地嘖嘖稱奇，「好吧，如果這件事一有新消息，我會馬上要賀東通知你的。」他拍拍李賀東的肩膀，「如此重責大任就交給你了。」

「不用啦。」迷迭香擺擺手，「這怎麼好意思。」

「小事而已。」明明要求的對象是李賀東，卻總有人跳出來幫他發言，這回是弟弟李賀興，「迷迭香小姐救了哥一命，這點小事怎麼好意思拿出來回報。」

怎麼又提救命之事？此事為何會被無限上綱誇大？

牢田先生問是什麼事，又被仰加油添醋地誇言了一番，「我跟你說，為了感謝你的照顧。」聽完後，牢田先生不知道是醉了，還是突然想到，飛來一筆地邀請迷迭香，「在我任內，頂街派出所重建棟札後，我得請有幫助重建的各位吃一頓，當然賀東和賀興也會參加。因為迷迭香小姐今天豐盛的招待，我跟你保證，一定會再帶朋友回綻放吃一頓。到時候再請迷迭香小姐照顧啦。」

你吃了豐盛的一餐，我賺了豐盛的一頓，本就是銀貨兩訖的交易，突然被牢田先生這麼一吹捧，迷迭香表示有點受寵若驚，「哪裡的話，讓你們吃得開心本來就是我們該做的。」又弄不清楚他是酒酣耳熱的玩笑話，還是真的約定下次再來。

「我就算不來。一說我要請客，賀東一定也會把我押到綻放來捧場的。」牢田笑瞇瞇說，「畢竟你有恩於他嘛。」

「我沒有幫上什麼忙啦。」迷迭香擺手，「我們只是一起等著救援而已。」

「不是有幫忙止血，據說還有一碗番薯湯的動人故事？」一旁的李賀興問。

迷迭香正想要開口，仰卻搶先回應，「番薯湯是公廟發的。」

迷迭香愣了一下，但仰根本沒有看向自己，她連忙又補充一句，「是啊，廟宇是最照顧當地民眾的，所以說改建是不行的。」

牢田讚嘆，「還真是起承轉合都照應到了。」

「您是謙虛了，總之救了哥，我們都很感激。」李賀興接話，誠懇地說，「就算店中只有清粥小菜，我們也一定會再來的。」

「清粥小菜從興先生口中說出很失禮吧？」仰一旁皺眉，「綻放的人都還在耶。」

牢田先生跟迷迭香說，「我告訴你啊，那一場飯局，就當我是要和舊工作道別了，在這裡也沒有很多可以道別的人，下次來，你們也要好好招待我，幫我送行。」

「那當然。」有生意在眼前不做的人是傻子，迷迭香馬上附和，「下次一定幫您開上好的月桂冠。」

牢田大笑，「那我就先謝謝你的招待啦！」

迷迭香臉上掛著職業微笑，心中想著：那我也就先謝謝你的買單啦。

※※※

飯局結束後，迷迭香送四人到門口，便停下了腳步，而李賀東及仰，做為東道主，必須要送李賀興及牢田去坐車。

「剛剛讓你為難了。」在他們要離開前，李賀東突然低聲對她說，「我們鬧得太歡騰了，抱歉。」

「不會啦。」迷迭香笑了笑，「就像李賀東先生上次跟我說的一樣，店中充滿了歡笑，才會有活力。我們很感謝你們為店中帶來好氣氛。」也很感謝你帶來財大氣粗的客人。

「那，關於牢田先生的飯局……」李賀東猶豫了幾秒，才跟她說，「我知道準確的時間後再通知你。」

「真的有確定要再來嗎？」雖然口頭上都說得很親熱，迷迭香也知道牢田有點醉了，說出口的話談不上真正的約定，「牢田先生應該只是多喝幾口酒，才這麼說的。」

「啊，他不是這種人。」李賀東搖搖頭，「就當牢田先生說的，那餐就當作他對豐原車站的告別，在這邊吃飯也很開心，他當然會想再來。」

此時，仰問李賀東是否要離開了，李賀東才再向迷迭香道謝及告別。接著攙扶著微醺的牢田走向搭車處。

迷迭香見他們走遠，才回到店中。因為晚餐的翻騰，她有點累了，還好時間也差不多要休息了。幸運的是，秀一郎提到了昨天論及的那位賒帳客人，已經有意願要分期還錢。聽著隆經理說著官腔的辛苦大家之類的話同時，迷迭香丟了一塊牛奶糖在自己的口中。牛奶糖濃醇的味道漸漸融化在自己的舌頭上，她覺得今天店內的氣氛跟昨天比起來簡直天壤之別，雖然還是有些介意剛剛提到的慈濟宮拆遷事件，心情卻平靜不少。

她覺得渾身輕鬆許多，連隆離去前意味深長地看了自己一眼，她都不作多想，猜測這麼多做什麼呢，該發生的總會發生，可以說是否極泰來嗎？看來一切都在復原，不管是社會還是個人。

v

今年雖然發生了不幸的地震，但該過的日子還是得過，眼看就是始政紀念日。

每年新曆六月十七日的始政紀念日，和新年、紀元節、天長節、明治節等節日的重要性相等，為了紀念帝國第一任總督樺山資紀海軍大將於六月十七日舉行庶政開始儀式，算是帝國統治下的一個政治氣息濃厚的節日。

這些「祝日」與春秋皇靈祭、台灣神社祭等「祭日」被定為休假日。這幾天除了是國定假日外，官方也張掛國旗，舉辦歡騰的慶祝儀式。

說實話，迷迭香並不覺得政府人員上班第一天有什麼好慶祝的，說好可以賺到一天休假，還不是被隆整隊領到州廳前，只不過上班的地方變相成了州廳前而已。聽說今年因為是始政四十周年，不只是紀念日，之後還打算舉辦博覽會。

迷迭香聽到博覽會不禁咋舌，難解這有什麼好博覽的，可看州廳四周人群的歡喜樣貌，似乎真的多有期待。

迷迭香緊拽著手上的包包，亦步亦趨跟在隆的身後，深怕被人群推擠沖散。隆並沒有顧慮自己而慢下腳步，反而急著走向與山下先生約定的位置。

山下先生老早就在定位等著他們兩個，還悠閒地舉起了一隻手，頗有閒情逸致地揮揮手上的小國旗。

「你們等一下跟著我就行了。」見到他們倆氣喘吁吁穿過人群，山下先生滿意地點點頭，「其他女孩們都安頓好了吧。」

「是，我要她們專注聽長官的演講。」隆回答。

「迷迭香？」山下先生注意到了迷迭香在人群中不自在的緊張心情，「不喜歡這個環境嗎？」

山下先生這般問話分明不是體貼，而是調笑，他在幸災樂禍。迷迭香不想如他的意，說：「沒有。」話雖如此，臉色卻不好看，「是穿的鞋子不好走。」

山下先生露出了一個似笑非笑的表情，「這麼說我可會擔心，別弄傷了腳才好。」

不知道是因為天氣悶熱、人群擁擠還是山下先生的笑臉，亦或以上皆是，讓迷迭香突然心中一把怒火燃起，卻苦無發洩管道，只得奮力地跟隨在山下及隆身後。

突然被人群推擠了一下，迷迭香的包包掉落在地，當她擠開人群，抓起自己的包包，抬起頭時，隆和山下早就消失在茫茫人海中了。

迷迭香左顧右盼，越想越氣，早知道自己就和其他女孩一起待在長官演講的講台前了，為什麼非要自己跟著隆。不，等等，應該說早知道自己就留在房間休息了，好不容易有個假日為什麼要來這裡人擠人？

州廳前是一處空曠的廣場，雖然現在被人群塞滿，迷迭香左顧右盼，右手焦躁地摳著左手腕上的小小肉疤。但粉紅色的新肉隨著她的抓摳，漸漸變成了紅色，她沒有注意到自己正在養成的壞習慣，只是緊張地在人群中尋找認識的身影。很幸運地，她找到一個熟悉的身影，穿著熟悉的灰色條紋襯衫，還有曾見過的脖頸和髮際線交界弧度。

「李先生！」她朝那個背影喊著，揮手，對方卻沒有聽到，只得再提高聲量，「李賀東先生！」

一開始是驚喜的打招呼，頗有在海難中見到浮木的心情。

李賀東也向她揮揮手，他手夾著一塊墊著木板的空白畫布，努力穿過人群，擠到了她的身邊，「我剛剛看到了綻放一行人，還在想怎麼沒有見到迷迭香小姐。」

「我和他們走散了。」迷迭香狼狽地把散落在臉上的頭髮攏一攏，陽光不是很熱烈，卻因為氣溫悶熱的關係讓她感到口乾舌燥，「正在想該怎麼辦時，就見到李先生了。」

「我送你回演講台前吧。」李賀東紳士地伸出了手，想要讓迷迭香攙扶。

「不用不用。」迷迭香實在是沒有繼續久待的毅力，「實不相瞞，走丟了也好，我正想要偷溜回去。」

「既然都來了，就好好享受吧。」李賀東一把抓住差點踉蹌的迷迭香，「也不用急著回去。」

「人太多了。」迷迭香不小心透露心中實話，「真不知道人們在開心什麼。」這個節日有這麼值得開心嗎？

李賀東和迷迭香終於擠出人群，穿過馬路，好不容易獲得一絲清新的空氣。

「確實，政治紀念屬性的節日，本質值得我們深思。」李賀東揮汗，指指自己來時的路，路旁林立著小攤，眾人嘻笑著，雖有推擠也沒有衝突，「但有時候就好好地享受一下歡騰的氣氛也不錯。」

「太歡騰了。」迷迭香也跟著抹抹額角的汗珠，「我都冒汗了。」

「不然遠遠欣賞州廳也不錯。」迷迭香聽著他的話，抬起頭。

從正面看來，嶄新、雪白的巨大石塊所推砌成的台中州廳在蔭籃的天空下閃閃發亮。雪白的梁柱和拱門的彎度像是少女細嫩的皮膚，灰色的大斜度屋頂卻又帶著官宅的氣派，依稀可以看到側邊裝飾的紅磚牆，和大面積的雪白相映甚佳。剛剛身處人群中，覺得幾乎不能呼吸，現在一拉遠距離，甚至覺得州廳前的人群生氣勃勃，讓人忘卻近日的煩憂。

她露出了一絲隱密的笑容，「遠遠欣賞是不錯。」

李賀東見她終於露出笑容，看來也放心了。「我就不送你回人群中了，迷迭香小姐可以待在較空曠的地方，感覺應該好些，我們一起行動吧。」

「李先生今天一個人嗎？」迷迭香好奇地問。

李賀東搖搖頭，有點羞赧地示意手上的畫具，「和仰一起來的，我剛剛先抽身去找朋友聊兩句。」他四處張望一番，最後在右後方四十五度看到五十公尺外的仰，他已經架好了畫架，身邊是一箱顏料，看來也正好看到了他們。

兩人越過道路，走到了仰的身邊。迷迭香往來時的路眺望，這個位置似乎角度不錯，剛好可看到州廳建物正面和廣場道路上擁擠的人群。她記得上次仰有提過李賀東被委託要來畫下紀念日的風景，就是現在的工作吧。

「那仰就去陰涼處等我吧。」李賀東將畫布放在畫架上，轉頭囑咐。

「迷迭香小姐呢？」仰問。「要不要送迷迭香小姐回綻放。」

迷迭香眼球一轉，自己沒看過人作畫，其實對李賀東之後的工作滿有興趣的。

「啊，沒關係。」李賀東蹲下身，打開了腳邊木箱，拿出其餘需要的道具，「我等一下再問問迷迭香小姐意願，你先去避陽吧。」

李賀東都這麼說了，仰只好看看手錶，「那我一個半小時後再回來看東先生的進度。」說完稍微點頭後便離去。

迷迭香眨眨眼，看著仰離去的背影，「仰先生不只是助手耶。」她在腦中努力尋找適合的用詞，久久才說，「更像是經理人。」

「因為我太懶散，才得麻煩仰。」李賀東抿抿嘴，直接將乾筆沾上油料。

「咦？直接畫嗎？」迷迭香看他直接把棕色的線條畫上白色的畫布，嚇了一跳，「連筆都沒有沾濕嗎？」

「油彩不溶於水，沾水也沒辦法調和的。」李賀東一邊盯著眼前的景色，口中回答著她的問題，手卻不停地在布上描繪著大致的線條，「這樣畫是為了直接先畫上輪廓，決定構圖。」

「我還以為會用……細一點的筆。」迷迭香真沒想到西洋畫的草稿這麼大氣。

「之後再疊上其他的色彩，它便會融進畫面中了，不用擔心。」

「所以是先畫上深色的嗎？」

「對。」因為開始專注手上工作的關係，李賀東的回答開始有些漫不經心，「先畫上陰影，大面積的深色，最後才畫上亮色的區域，這樣對觀者來說，才有遠近的效果。」

「有什麼需要我幫助的嗎？」從來沒有見過別人作畫，這對自己來說還真新鮮，迷迭香饒富興味地在一旁轉來繞去。

李賀東一向不會拒絕別人，這次倒是頗為果斷地說，「不用了，迷迭香小姐可以到附近的小攤上逛逛。」

迷迭香也知道這時不好打擾李賀東，還真的提起了包包，「好吧，那我四處逛逛，等李先生畫完再來找你會合。」拋下這句話，便真的四處遊蕩去了。

一轉身，終於有時間查看一下隱隱作痛的左手腕，原來是抓傷了，她忍耐著刺痛，揉著手腕，腳步不停，飛快地走馬看花了一圈，覺得有些乏味，雖然身邊的人很多，卻不能搭話。綻放的女孩們聚在一起很開心吧，吵吵鬧鬧，但她也不想要走回去，又受山下先生的氣。

她轉頭看了一眼被拋在自己身後的李賀東，他站得直挺，正專注於眼前的畫面和布上的色塊。

好吧，看起來自己如果打擾到他將會大打雷劈。迷迭香只好將注意力轉回面前的小攤，正在叫賣的沁涼冰品。

她歪歪頭，覺得面前的冰品還沒有自己包裡的牛奶糖吸引力來得大。便移開了步伐。

以李賀東為圓心，半徑五十公尺為距離在他身邊漫步幾圈，迷迭香找不到一樣入得了自己眼的東西，又繞回李賀東身後，還不忘瞧了一眼時間，真糟糕，才過去不到一小時，就開始感到無聊了。她確實發現自己今天特別黏李賀東，不明所以，她自己解釋是因為害怕再度走失的緣故，雖然說跟著他對事情也沒有幫助。

李賀東又靜靜塗抹了一陣子，才注意到她站在自己身後，他停下手邊的工作，扭過頭，「不是才說遠距離看挺好的，又皺著一張臉是為何？」

「攤販不多啊。」她抱怨著，「就這麼些攤販，十分鐘就逛完了。」

李賀東想了想，看看自己的畫布，現在上面有晴空、大致的建築輪廓和塗著棕色為底，帶有綠色藍色色調的各種陰影，突然提議，「我看去公園吧，公園裡有園遊會呢。」

「但是李先生才畫了一半。」連迷迭香不識藝術之人都知道，李賀東才將基本的畫面構圖和建築陰影畫出。

「沒關係的，構圖出來了，之後回去再加細節就可以了。」李賀東還真的又從木箱中拿出布塊，擦拭著畫筆。

「真的可以嗎？」她驚訝道，「那畫呢？我們得去哪裡找仰先生？」

李賀東看看手錶，「他應該就要來了。」他將筆和布放回油料旁，「我們放著就可以了，一起去公園吧。」

迷迭香開心地點點頭，兩人遂沿著寶町通步行半小時左右，來到了公園。

公園中的園遊會熱鬧非凡，政治色彩少於州廳，穿著洋服或是和服的男女穿梭其中，大部分的人潮都朝著神社前進，打算在紀念日時前往參拜，迷迭香和李賀東沒去神社，倒是在園遊會流連較久，她還享用了一份關東煮，雖便宜但味道不差。

在公園逛上一圈，兩人來到了園中的湖旁。

天氣漸漸轉陰，不似早上晴朗，厚厚的雲層湧現，湖水呈現深沉的灰藍色，湖上的雙閣亭為和洋混合風格建築，雙併式頂涼亭，像兩顆牡蠣上的珍珠，以橋為臍帶，生長於平靜的殼上。

她眨眨眼，心中覺得這裡很美。無關節慶，這兩座亭相依相靠，帶給來訪的遊客心情上的平靜。

他們又繞著湖畔走了一圈，期間，天空開始下起毛毛細雨。雖然戴著帽子，迷迭香擔心自己的妝會花，便問李賀東，「要不要去公會堂？」她想到了聽人說過這時刻公會堂會放映電影，「說不定有電影可以看。」

可惜迷迭香這算盤失敗，公會堂裡沒有播放電影，倒是剛好有一場照片展。居然是滿州國康德王在日的影像。

迷迭香看了一下展覽介紹，只寫康德王初次訪日，搭配著滿洲國的國旗，一片黃色為底，左上有紅藍白黑色塊的國旗，旁邊再放上帝國的白底日之丸旗，象徵兩國友好。

他們走進展覽會場，相片都展示出來了，迷迭香才第一次知道康德王到訪日本，對自己的不問世事表示慚愧，「什麼時候的事？我居然都不知道。」

照片下的註解為她解答了疑惑，就在今年，康德王四月二日從新京動身。東京驛為了迎接，還設有一座聳立的大門作為歡迎。四月六日到橫濱，午後晉見天皇，一直待到四月二十七才回滿。

自己還真的是孤陋寡聞，發生這等大事，真的是聽都沒聽過。

她盯著照片中穿著硬挺軍服的康德王，他的身材纖細，有張秀氣的窄臉，額頭光滑、頭髮梳得整齊，手抓著軍帽，嘴唇豐厚，卻多是緊緊地抿著，唇角下垂。眼鏡下的眼睛看起來有點憂鬱，卻還是試著鎮定地盯著前方。

「康德王很年輕吧？」迷迭香問李賀東。

李賀東想了想，不太確定地回答，「或許還沒有滿三十歲吧。他任前清宣統皇帝時還是個孩子呢。」

「年紀跟李先生差不多而已呢。」迷迭香咋舌，「這麼大的陣仗，估計是緊張吧，天皇怎麼這般為難人呢。」

身旁一位同看照片的小姐，聽到迷迭香稍微諷刺的玩笑言論，居然毫不掩飾地白了眼，抓著手上的包包就走。

迷迭香和李賀東都被這番動靜嚇了一跳，瞪著路人離去的背影，迷迭香才收驚似地拍拍自己的胸口，「還真是個忠烈之人，都忘了今天是不得批評的。」

李賀東不願生事，咳了一聲，就不再提天皇或是康德王，「看到了不錯的展覽，增廣見聞了。」

迷迭香看著日滿友好的海報，心中對這段關係有數千疑惑與好奇，但此刻也不好多問。

兩人又在展覽上逛了一會，看到了公會堂裡有一捐助地震災民的捐款箱。「對了，七月時綠川街上將會有賑災義捐的音樂會，李賀東先生會參加嗎？」

「音樂會嗎？」李賀東顯然知道，「綻放要參加嗎？」

「是，我們好像包攬了服務。」

「是哪一個場次呢？」李賀東細數著，「我看愛國婦人會、復興委員會還有街長們都有舉辦。」

這麼一問，迷迭香反倒自己不確定了，她皺皺眉，「有這麼多場啊。我自己也不清楚我們是包攬哪一場次。」

「還有些場次是巡演呢，各單位都想要貢獻心力。我記得《新民報》的場次甚至是全島巡迴的。」李賀東講到這裡突然呼出一口氣，「我也得參加幾場，沒辦法。」

「仰先生會陪您去吧？」迷迭香是想用其實你並不孤單的理由來安慰他。

「有一場得和弟弟去。」李賀東想到便頭痛，還真的用右手揉了一下太陽穴，「真的是饒了我吧。」

「這樣益於李先生的社交生活耶，還是出席吧。」迷迭香捧著臉，故作擔憂樣，「牢田先生說你得好好磨練社交技巧。」

「拜託不要笑話我了。」李賀東表示無福消受。

雨停歇了，天色也差不多暗下，兩人選了一塊草地席地而坐，李賀東先坐下，迷迭香則用右手攏著裙襬坐下，她整理了一下裙擺，抬起頭恰巧看到李賀東正盯著自己恰好露出的左手腕內側上的小疤，小疤上現在還橫跨著幾條紅色的細抓痕。她不知道引起他注意的是舊疤還是新傷，只是巧妙地將手收回，用包包遮住了手腕。

李賀東關心地問，「這是剛剛在州廳前抓傷的嗎？」迷迭香含糊回答幾句，對方也不再追問。

遠處傳來了慶祝的火藥炸裂聲，一同坐在公園的兩人同時轉過頭，欣賞了從州廳方向施放的煙火。有紅的有綠的，還有似點點星空的，都在夜幕上綻放開了絢麗的花朵。

一同看煙火時，迷迭香突然覺得自己有些失禮，竟就這樣纏著原本還在寫生的李賀東，現在還一起看了煙火，上輩子或許有不小心燒到高級香品，今天才有這個福分吧。

「始政紀念日也不只是政治表演吧。」李賀東看來很喜歡此刻的微風、煙火還有潮濕的青草味，表情柔和了不少，「用心享受總是會開心的。」

迷迭香直勾勾盯著李賀東在倏忽即逝的煙火光線下的側臉，心中雖也覺得是美好的一天，嘴上卻不願意認輸，「始政有沒有用心不知道，始政紀念日倒是很用心。」

「你知道今年還有一個始政博覽會嗎？」李賀東問，「在十月，為了慶祝四十周年而舉辦的。」

迷迭香點點頭，表情雖平靜，手卻不自覺地揉著腳邊的小草，「聽說展場都開到大稻埕去了。」

李賀東轉過頭，對她淺淺一笑，「如果迷迭香小姐不嫌棄，我們十月再一起去吧。」

她鎮定地點點頭，表示應允。心中想著，這樣的比喻雖矯情，在這當下，李賀東的笑容在自己心中或許真的比夜幕上的煙火還要閃亮。

❀❀❀

回到住所後，迷迭香摔下包包，丟下帽子，以最快的速度拉了塊坐墊，坐到了薰衣草身邊。

「出大事啦！」薰衣草撐著臉，慵懶地看著迷迭香正坐的身影，嘴中嚷嚷著，「都失蹤一天的女孩回來居然知道要道歉，知道自己錯了就別走失啊。」

「啊，其實我沒有要為這件事道歉的意思耶。」迷迭香這才想到自己今天應當和其他女給一起行動，只是中途被隆帶走，接著歷經了各種意外後，流浪到了台中公園，「是經理把我弄丟的，這件事他要負責。」

「還好我們人數還是不少。」薰衣草想到這件事便齜牙咧嘴，「山下先生和一位長官一同現身，可不能讓他失面子。」

「我告訴你。」迷迭香敲敲桌子，「山下先生就算做足了面子，我們也是得不到好處的。」

言下之意只是要薰衣草不必為咖啡店這麼盡心。沒想到薰衣草嗤之以鼻，「山下先生失面子我們也得不到好處的。」

迷迭香撇撇嘴，這麼說也是有道理。「既然人夠，沒給山下先生丟臉就放過我吧，我不過是不小心被擠出人群了。」

「明天最好你就這樣跟經理說。」薰衣草拍了一下迷迭香的大腿，頗有恨鐵不成鋼的悲憤，「怎麼老是這麼不怕死啊？其他女孩都恨你恨得牙癢癢，你怎麼就這麼隨心所欲地過生活。」

迷迭香本來想要跟薰衣草分享一下李賀東燦爛如煙花般的笑容，但看薰衣草沉浸在氣自己翹班的心情中，也只能撇撇嘴，將原本想說的話全都吞回去，「我發誓明天乖乖上班。」她舉著雙手，表情誠懇，「拿出真心和經理解釋，我是真的被弄丟，絕對不是刻意翹班，經理一定會原諒我的。」

薰衣草摀住臉，「我看你沒救了。」她崩潰地拉長音，「女給們就是氣你總這麼隨興，但經理拿你沒輒。」

迷迭香一時沒有聽懂，皺起了眉，「怎麼沒轍？經理常罵我啊。」

「罵你你有哪次在意的。這次又擅自離席，經理鐵定口頭念念而已。如果別的女孩也這麼幹，包準被辭退。」

迷迭香這麼一提點，總算了解了自己被討厭的最大原因。

「那明天經理罵，你不要還口。」薰衣草恐嚇她，「試著態度收斂一下。拿出誠意。」

迷迭香誠懇地表示自己一定受教，也因此失去機會和友人說出今天與李賀東過節的事。

***

睡上一覺後，迷迭香不確定昨日發生之事到底是否僅為自己的幻想。

還好四周各個角色輪番上場，提醒自己昨天不在綻放群的事實。首先是女給木槿，一早見到自己就呼出了一大口氣，然後轉頭對身邊的鈴蘭用清晰可聞的耳語說，「如果有人一整天消失，卻還可以拿到工錢，我一定得向經理抗議。」

薰衣草站在自己身邊，顯得很侷促。迷迭香倒是對她們扯開笑臉，「自己的權利自己爭取，我非常地支持你們。」

薰衣草推了自己一下，阻止自己繼續說下去。迷迭香自討沒趣，踏著輕巧的步伐，先去找經理負荊請罪了。

令人意外的是，隆並沒有多問或是譴責，只是要她下次如果真不見，就自己回綻放，不要在外遊蕩到晚，有失體統。

突然擺出了擔心小孩的父母神情讓迷迭香有點惶恐，禮多必有詐。她匆匆拋下一句，那我去準備開店了，便離開。

第三位因昨日事件而出場的角色倒是讓迷迭香始料未及，是仰。

仰於中餐過後的短暫休息時間來訪，隻身一人，表情非常難看，活像是來討債。迷迭香摸不著頭緒地出門應對，仰劈頭就問，「迷迭香小姐昨日是跟東先生逛園遊會了吧？」

迷迭香被他的問句嚇了一跳，馬上轉頭看隆有沒有聽到，還好經理人在店內深處，估計是不知道店門口出了什麼事。

仰深呼吸了一口氣，「迷迭香小姐，我知道我們東先生迷人又帥氣，但是如果不等他畫完草圖就將他帶離州廳，我們會很為難的。」

迷迭香錯愕，「我並不知道他那時還沒有畫完……」

「沒有畫完不是顯而易見的嗎？」雖然迷迭香很想要追問顯而易見的根據在哪，但仰不讓自己插嘴，又接話，「如果這次的失誤，毀了秉燭居的聲譽該怎麼辦？」

話說到這番田地，迷迭香的怒火也忍不住燃燒了起來，李先生又不是孩子，本來就該為自己的所作所為負責，仰憑什麼這時候跳出來怪罪自己，說得像自己纏著李賀東似的。她覺得仰的歸咎毫無道理，便怒視著他。

仰看來也發洩完了，撐著頭，緊繃著一張臉，僵硬地將帽子脫下再戴上，作為告別。迷迭香看著他快步走回對街，粗魯地打開秉燭居的大門，閃身進室內。

沒想到美好的一天，餘韻也是頗為濃厚，讓迷迭香覺得今天早上起來，還覺得說不定是場美夢的自己是個笑話。

❀❀❀

接著兩天，她走過秉燭居前，皆若有似無地轉移了視線，不去注意門內的人影。縱使她餘光見到李賀東在被自己忽視後露出疑惑的表情，但礙於仰冰冷的視線，讓自己無法停下腳步，只得低著頭快步走開。

她快步走回綻放，意外看到了一位駐足的人影——

是一陣子沒見的林記者，再度到訪綻放，卻在門外踟躕徘徊。看到他這麼卑微又小心翼翼的模樣，迷迭香心情再不好，還是大發慈悲為他進去和隆說一聲。

迷迭香領著隆走出來時，林記者已經在桌前坐定。卻沒有人要招待，只孤身一人和面前的冰水相望。

「山下先生的樟腦寮投資都得放棄了，託林記者的福。」隆一見面連坐下都還沒，便不留情地這樣說，「你有想到挽救方法了嗎？」

「這恐怕有難度。」林記者緊張地用手帕猛擦根本沒有一顆汗珠的額頭，「李先生和弟弟的關係出乎所料地很好，居然說了之後就算樟腦全留給弟弟也沒關係，還說他不能擅自買賣權利。」

隆一手扯開椅子，坐下，「希望山下先生聽得下你的藉口。」

「我今天來就為這件事……」林記者乾咳了幾聲，迷迭香識相地退後一步，「我去為經理倒杯水。」說完就轉身離開。

她離開時耳朵還聽到了林先生提起了一個陌生的人名。經理回答，是，他曾經是常客，但最近不再光臨了。

走到吧檯處，秀一郎突然叫住自己，「迷迭香，你有看到鈴蘭嗎？」

鈴蘭？迷迭香頗為驚訝秀一郎居然會問自己這個問題，她還以為全世界都知道她們兩個處不來。「沒有耶，你可以問問木槿。」

「木槿說她出門前鈴蘭還在化妝，於是她先來上班。」秀一郎不滿地抿抿嘴巴，雙手抱胸，「你今天最晚到店，應該最晚出門，才問你的。」

說自己最晚出門實在失禮，雖然是事實。迷迭香乾笑了幾聲，「我出門前沒注意，但當下以為寮裡只剩薰衣草。」今天薰衣草輪休，她出門前自然沒有注意寮中還有沒有其他人。她停頓了一下，才想到這倒是一件嚴重的事，「鈴蘭有請假嗎？」

秀一郎的臉色更臭上幾分，「就是沒有才找她的。店內就已經夠忙的，怎麼選擇這個時候又給添麻煩。」

她當下的心情一言以蔽之就是十足幸災樂禍，擺出一臉困擾，附和幾句，「是啊，這還真是糟糕。」

秀一郎像是感知了她語句中的不誠懇，懷疑地看向自己，「你應該是真不知道鈴蘭在哪吧？」

「天地良心，我連她本名都不知道。」迷迭香換上了誠懇的表情，單手舉直發誓。秀一郎不再追問後，她才灰溜溜地去為隆經理倒水。

沒想到捧著水，回到了林記者與隆的桌位，卻不見林記者，只有隆一人坐在桌子前，表情若有所思。

她放下水，「林記者怎麼這麼急著走？」

「也沒多餘的事，自然不用招待。」隆漫不經心回答，推了一下身邊的椅子，「你坐下，我有事問你。」

迷迭香覺得奇怪，「要問我如何不著痕跡地讓山下先生對林記者生厭嗎？」她興致勃勃地問，「這種小手段我倒會。」

「你應該比較擅長讓別人對自己生厭。」隆冷笑一聲，「這是你的專利，我就不搶了。」

迷迭香自討沒趣地撇撇嘴，拉開椅子坐下。

「你出門前有看到鈴蘭嗎？」一坐下，隆便這麼問。

「剛剛秀一郎問過了，沒有。」迷迭香搖搖頭，「今天不是只有薰衣草休息嗎？我以為寮裡只剩她呢。」

「你早上說她不舒服對吧，症狀有哪些？」

薰衣草嗎？迷迭香側頭想了想，「就是沒精神、嗜睡吧。」她猜測，「大概就是受風寒了吧，休息一天就行了。」

「最近除了店裡，還有憂心什麼事情？我看她心情不太好。」

經理突然這般關心也是讓人頗不習慣，迷迭香就當作是隆也有好心的一面，稍微透漏了一些，「應該是她家中的事吧，家人還住在臨時搭建住所。」

隆看起來心情不太好，表情有點擔憂，「好了，我知道了，那你去忙吧。」

迷迭香在站起來的那一刻，突然想到隆是否因為鈴蘭不在，想要叫薰衣草回店中工作，又苦惱她會不答應，「如果要拜託她加班應該可以問喔。」她跟隆說，「要不是因為她今天不舒服，原本也想要來上班的。」因為重建需要錢嘛，多上一天班是一天。

隆點點頭，「我明天會與她談談的，你去忙吧。」

✻✻✻

迷迭香很快地就忘掉了這件事，忙著穿梭於各桌客人之間。

午夜一時，才疲倦地回到住所，薰衣草已經就寢，她也沒有時間向她提起，不管是鈴蘭還是代班的事情。

隔天天光一亮，她們兩個掙扎地爬起身。睡了長長一晚，薰衣草的心情顯得不錯，老早就穿好了外出洋裝，迷迭香還在慢吞吞地朝臉上撲粉。

兩人一同走去綻放路上，迷迭香向她提起了鈴蘭的事。薰衣草想了想，說並不知道鈴蘭昨天有在寮裡。

「她是在起性子還是真打算不幹了？」迷迭香興致勃勃地問，「好期待經理會生氣，你昨天沒見到真可惜，秀一郎表情超難看的。」

「我倒覺得經理在這個時機不會辭退人。」薰衣草搖搖頭，理性分析，「大家都不好過，現在辭退員工，可說是逼人上絕路，經理不會這麼做的，頂多是罵一頓。」

迷迭香不贊同薰衣草的說法，皺起了臉，「我說你有所不知，經理是人類，但山下先生沒人性啊，就算真有惻隱之心，經理是絕對不會違抗山下先生的。」

「老闆知道你在背後說他沒人性嗎？」

「他鐵定當我在讚美他，他可是以自己不受情感影響，可以做出最大利益判斷為傲呢。」

薰衣草誇張地嘖嘖幾聲，「看看你說話的嘴臉。」

「我這是看清現實。」迷迭香辯解著。

一到綻放，迷迭香左顧右盼，果然沒有看到鈴蘭。還未和薰衣草分享這消息，友人就被叫到了經理室。

迷迭香起初不以為意，直到半小時後，店都正式開張了，薰衣草仍未出現在店內，讓她開始稍微擔心。

正好她招呼的一名客人離開，她便來到了經理室前，說是經理室，其實也不過是二樓倉庫旁的小隔間，隆平常多在店內一樓活動，很少使用這隔間。讓她驚訝的是，站在門外就可以聽到薰衣草的講話聲音，又急又快而且很大聲，平常她是不會這樣子說話的，只是聲音很含糊，根本聽不懂她在說什麼。

迷迭香敲敲門。

經理室內瞬間噤聲。

「我是迷迭香。」隔著一層木板門，迷迭香朝房裡問著，「有什麼需要我幫忙的嗎？」

「請進。」經理的聲音響起。

迷迭香推開門。

薰衣草看起來神色慌張，隆倒是好好地安坐在位子上，表情也很平靜，只是淡淡吩咐，「請關門。」

迷迭香做了一個怪表情，乖乖關上門。真是奇怪，這兩人看來不是在談代班的事情。

「既然你不願意承認，我們就尋求更多的證詞吧。」隆看向薰衣草，用一種勸導的和緩語氣說著，「但我想我們也不需要做到這個程度吧，多難看。」

薰衣草抬眼看了隆，又扭開視線，始終沒有回答。

「什麼證詞？」迷迭香愣愣地問。

「薰衣草小姐在四、五月期間，是不是常常晚歸。」隆和緩地說，「迷迭香小姐，你身為她的友人，一定最為清楚吧。」

「經理、經理……」薰衣草用一種乞求的語氣小聲地說著，「請不要這樣，我需要這份工作。」

「請不要擔心，我當然不會隨便解雇員工，山下先生也不會樂意看到綻放對待員工如此刻薄。」隆雙手交疊，對她鼓勵式地一笑，「除非是犯下了之前就講過的，絕不輕易饒恕的錯誤。」

迷迭香看著隆溫和的臉，心中突然警鈴大作。「還好吧，晚歸應該也不是經理可以干涉的私生活吧。」她故作鎮定幫薰衣草說話。

隆深呼吸，然後重重吐了一口氣，「薰衣草小姐，不要搞得這麼難看，有一名記者甚至都說他目擊到了，還聽到你和那位在談婦科的事情。這可是醜聞，還好他與山下先生交好，特地來告知我這件事。」

記者？是林記者嗎？

迷迭香心中的疑問一層疊著一層，隆突然站起了身，「那現在正好，有劑藥可以證明你的清白。」他慢慢走出了經理室，在開門那刻還回過頭，朝向室內說，「我去去就回，我不在的這個時間，你可以向迷迭香解釋一下現在的狀況。」說完便踏出了辦公室，離開前甚至將門掩上。

他離開之後，沒有一個人開口，迷迭香看著薰衣草，但她只是低著頭，單薄白嫩的手掌摀住了自己姣好的臉，然後，再也忍不住地哭了出來。

薰衣草用自己的眼淚，解釋了所有狀況，她私下和綻放的客人從事性交易，好像從五月開始，現在被目擊者一狀告到了店中。

女給本不是性工作者，不能從事性交易，隆也在店中若有似無地宣導了好幾次，這可是犯法的行為，如果經理有意，要警察大人來抓薰衣草也可行。迷迭香根本不知道法規到底怎麼寫，只是想著可能會被警察抓走就滿心恐懼。她心中很是複雜，當然不同意薰衣草的作為，但在心中的某一處，她知道自己也沒有資格去批評，薰衣草是為了家中重建的經費，根本無從選擇。

「我會被辭退嗎？」薰衣草哽咽地問。

迷迭香不知道怎麼回答，只是呆站在門口，保持沉默。

「因為綻放在我期望中是一家比較高級的咖啡店，如果讓我知道哪一個女孩跟客人有私下的性交易的話……嗯，鑒於這本來就是犯法的行為，我會先訴諸司法途徑，然後再解雇你，接著呢，還會通知台中所有的咖啡店，不再錄取曾犯過錯的女孩。」在除了啜泣聲的沉默中，她想起了山下先生笑著講述這句話時的表情，眼睛彎彎的，像這是件趣事一般的表情，「總之，我不希望聽到有任何謠言說綻放的女給小姐有什麼樣的醜聞，所以如果不幸發生了，我呢，會以最嚴厲的態度來處理的。」

山下先生從不寬恕，反正女給也只是個辭掉了這位，明天就可以再聘用那位，替代率極高的角色。

跟手腳冰冷相反的，心中突然有一股炙熱的怒火向上燒。迷迭香不能理解，如果在山下先生眼中，取悅男人是件骯髒活，該死的並不只有薰衣草，她們全有相等的罪，為什麼自己現在可以站在門口，冷眼看著薰衣草面臨就要被辭退，警察還可能找上門的困境。

薰衣草從她的沉默中得知了肯定的答案，她強迫自己不再抽泣，閉起眼睛，壓住嘴巴好阻止嘴唇和牙齒的打顫，好像在試圖平復心靈。

同時，隆再度回到經理室，手上還捧著一碗濁黑、散發著異味的湯藥。

他將那碗湯端到了薰衣草跟前，「喝下吧。」

「這是什麼？」迷迭香覺得自己問了一個顯而易見的問題，卻無法制止自己，「喝下去會怎麼樣？」

「既然你不願意承認，那這也是最能證明清白的方法了。」隆從未像今天一般冰冷，他的表情並無嚴峻，言語間卻毫無插話的空間，「如果沒事，那當然也好。如果有……早點處理也比較好。」

薰衣草慘白著一張臉，連伸出去的手都在顫抖，但還是接過了碗。

「不要喝……」迷迭香喃喃自語。

「如果真的懷孕了，也只得喝吧。」隆卻無視薰衣草的存在，兀自分析著，「就算不在店中，家裡也不能接受吧。還不如早處理掉，如果真的懷孕了，綻放幫你處理掉，也算是店中給薰衣草的最後一個禮物吧。」

薰衣草轉過頭，對門口的迷迭香露出一個虛弱的笑容，然後接過湯碗，一飲而盡。

隆滿意地看著她喝完那一碗不明的藥汁，「真是勇敢，如果不是我肯定對方不敢騙我，說不定真相信你了。」

「這樣我可以繼續待在店中嗎？」薰衣草放棄所有的自尊，懇求地問。

「說不準。」隆皺起眉，隱諱地說，「但如果真沒事，我可以幫你爭取留下。」

薰衣草突然站起身，低著頭走到迷迭香身邊，打開門，一聲不響就走出經理室，再也沒講一句話。

隆看著她踉踉蹌蹌走出房內的背影，嘆了口氣，將視線移回眼前的人，迷迭香可能是太震驚了，眼睛眨也不眨地直盯著經理，眼神中閃爍著厭惡，「……你居然騙我講出薰衣草的身體狀況。」

「我是為她好。」面對迷迭香憤怒的眼神，隆顯得非常平靜，「難道你要等她肚子都大起來了，才後知後覺發現嗎？」

「你不可以……不可以這樣。」鼻頭一酸，她要努力忍住，不讓眼淚滾落。

「太晚墮胎只會增加孕婦的危險。」

「你到底讓她喝了什麼？」

「是有效的藥，風險應該不大……當然是那位小姐自己決定喝下的。」隆知道迷迭香現在心情很激動，根本無法溝通，卻還是表述著自己的理由，語氣平淡得像是在討論天氣而不是在討論自己到底有無權力逼她喝下那一碗藥。「我剛剛說了，如果相安無事可以再討論。

如果真有懷孕，也只有被解職了。你覺得鄉里會接受一名未婚的女性發生這種事嗎？還不如私下處理，就算之後真被解職，就回老家，說是因為與同事不合才離職的。我為她準備湯藥也是為她好，這可也是一筆錢呢。」隆雙手插著口袋，哼出一鼻子氣，「可別忘記她找客人做這種事就是因為缺錢。」

頭好暈，迷迭香忍不住撐著牆，蹲下身，覺得一陣胃酸湧上來，想吐。

「如果沒有事情了，我得先下樓了。」因為自己低著頭，看不到隆的表情，卻感覺到他在門口停下了腳步，「你最近跟李賀東走得很近？」他用一種輕描淡寫的肯定句訴說著。

迷迭香覺得腦袋暈呼呼的，只能沉默以對。

「這只是一個忠告，如果你不需要，不用理會也沒關係。」隆說，「如果肚子被搞大，像薰衣草那樣提早處理才是聰明的決定。」

迷迭香只覺得血和熱氣全朝著腦袋上湧，好像當面被甩了一巴掌的感覺。如果是平日，自己一定馬上翻臉，但如今的情況，她不敢惹怒隆，只能囁嚅回，「我們只是朋友，你誤會了……」

「是嗎？」隆輕聲地笑了一聲。

「……我以後不會再見他了。」

「別老是說這些沒道理的話。」隆輕蹙眉頭，「你想不想見他不重要，重要的是李先生想不想要見你。如果事情繼續發展……女人總是比較吃虧。」

「你把我當成了什麼？」迷迭香厲聲打斷他。

「幹嘛這麼敏感？」隆露出一個戲謔的笑容，「不是說是正當朋友關係嗎？那你就當我以職場上司身分過度擔心就好，實在不需要覺得受到冒犯。」

迷迭香當下很想要朝隆的鼻子上揍下去，但手腳冰冷無力，只能維持繼續蹲在地上的姿勢。

「話又說回來，剛在講薰衣草小姐的事吧。如果真被辭退，你記得要提醒那位小姐儘快搬離寮舍。」隆講完自己想說的話，毫不留戀地跨出腳步，要穿過迷迭香身邊，推開木門……迷迭香卻在同時伸手抓住了他的褲腳，輕輕的。

其實隆只要繼續向前，迷迭香也抓不住，但他停下了腳步，還連帶嘆了口氣。他將迷迭香扶起，她輕得像片羽毛，勉強地站好身，如同現在隨便來一陣風就可以將她颳走般。

「她需要這份工作……」她聽到自己的聲音，剛剛明明被激怒了，聲音居然比自己想像中冷靜很多，「該怎麼做……」

隆沒有正面回答，為難地抿抿嘴，為她推開了門，「快去忙吧，客人也來了。」

「我不懂。」迷迭香不放手，僅僅攫著隆的手腕，「我不比她高尚多少，為什麼要抓她來開刀。這個世道多艱難，為了生活我們已經出賣了自尊，為什麼還要被你們視為可以拋棄的垃圾。」

「唉，不要這麼說自己。」隆扶住她，因為低聲說話的關係，他的臉貼近了她的耳朵，氣息吹到耳道中，潮濕中帶點熱度，「你知道的，每個人需要做的工作及所處位置，在這間店中，都是山下先生安排的。自然不能超出原訂的範圍，別誤會我，我並沒有看不起你的友人，只是因為她做了不該是薰衣草所做的事情……這事也挺讓山下先生為難的，那也只有請她走人了。」

騙人，山下先生不會為難的。你只不過用山下先生作為理由，迷迭香推開了他，吸著鼻子，快步走下一樓。

薰衣草就站在吧檯旁，僵硬、一動也不動的，迷迭香發現她又補上了妝，除了細看會發現的憔悴外，並無什麼特別之處，誰又知道他們幾分鐘前的談話呢？

薰衣草沉默著，直到迷迭香用力地將自己摔在吧檯的椅子上，她悶悶的聲音才傳來，「……你剛剛在樓上又跟經理談了什麼？」

能談什麼？她不知道如何轉達剛剛的談話。

「經理會請警察大人嗎？」薰衣草又問，只是這次的問話輕聲不少。

「先別管這個。」迷迭香發現自己又在摳手腕上的疤了，還好聲音聽起來還算平靜，表情也很正常，不遠處的秀一郎根本不知道她們在談這樣的話題，「你的身體還好嗎？」

薰衣草沉默了幾秒，搖搖頭，「不知道。」

「怎麼會不知道？會不舒服嗎？」

「我不知道。」好像再追問她又會哭出來，讓迷迭香噤聲，「如果真的有了，那孩子會比我更不舒服吧。」

「不要這樣說。」迷迭香抓住她的手，佯裝堅定地盯著她，「你絕對沒有懷孕的。一定可以留在綻放的。」

她們在談話的同時，隆走下樓梯，沒有打斷她們，也沒責備她們偷懶，只是悄聲悄息越過她們，走到店深處。

「如果有……我真的對不起……他。」薰衣草不復從前的伶牙俐齒，「我是殺人兇手。」她的表情落寞，「經理端出那碗湯時，我心中居然想著，喝了也好。」

「你也是無可奈何。」迷迭香抓住了薰衣草的手，她試圖說服薰衣草自己沒這麼糟糕，「最糟的情況，可能被警察抓到，如果真發生，你父母該怎麼辦？你也是為了保護家人。」

薰衣草沒有說話。

這時候不明究理的秀一郎突然湊了過來，「薰衣草，二桌的客人沒有人理會啊，你幫忙招待下，問他點上一瓶酒吧。」

迷迭香原本想要自己去，但薰衣草卻馬上抽出握在迷迭香手裡的手，一個轉身，「好的，我去。」旋即快步離開。

「迷迭香也快去工作。」秀一郎撇撇嘴，用指節敲敲吧檯木桌，「別老是偷懶，店中人手不足呢。」

迷迭香只好慌慌張張地站起，匆匆離去。秀一郎雖然覺得今天的迷迭香聽話得奇怪，卻也沒有深究，接著就去忙自己的事情了。

雖然一直說服自己不會有事，但事與願違。幾個小時後，她注意到了薰衣草的表情變得很詭異，像是費盡力氣在隱忍著什麼。

迷迭香扶她到廁所，她一張口就嘔吐，迷迭香為她倒水、幫她拍背，秀一郎知道她不舒服，表情有點不滿，也終於放行，迷迭香第二次拿著水杯進入滿是嘔吐腥臭味的廁所時，薰衣草撐著牆壁，低著頭，全身都在顫抖。

她壓著下腹，說這裡很痛，然後不到半小時，她的子宮開始出血，血量並不多，但她們都同時瞭解，一個生命或許正在死亡。

「我去幫你拿生理期替換的褲子。」雖然很害怕，迷迭香知道現在自己得保持鎮定，不然薰衣草無依無靠。

她再次走出廁所，不到幾步，便遇到了等候在道間的隆，「如果出血太嚴重，需就醫得快點。」

「還真是感動你們還關心她的死活。」

「為什麼你老是不懂呢？」隆皺起了臉，「這是她唯一的活路。我並沒有強迫些什麼。」

迷迭香不願多說，邁步越過他。

出血的狀況一直斷斷續續持續到下午，這兩個小時間，薰衣草還不斷嘔吐，最終還是請隆經理將其送去州立醫院。

秀一郎搞不清楚狀況，還一直問病因是否為南京蟲叮咬，他有一個親戚也是被蟲咬傷之後，上吐下瀉不止。

她們沒有多解釋，只是經理說會快送薰衣草去，送去後儘快趕回來，店中忙著呢。

兩人離開後，店內像是沒事般繼續運轉，有幾名客人發現了薰衣草不在，問了其他女孩，女給們胡亂回答，說是給南京蟲咬了，這件事也就沒有人往歪處想。

迷迭香想著隆對自己說，這是唯一的活路時的表情，不敢苟同，也不知道如何反駁。

因為薰衣草住院一天，迷迭香今天就一人獨處，好在回到住所時幾乎都是凌晨時分，沒有空閒時間做孤獨的恐懼體驗，她草草洗漱後便上床。

自己身邊應該要再有一人的，是個逞強的女孩，而那女孩今天留出的血，也是屬於另一個生命，說不定是個很漂亮的女孩，也可能是個堅毅的男孩。

死亡的感覺是怎麼樣呢？

是一個人埋在陰暗濕冷的土壤裡，孤獨地無所適從嗎？這麼殘忍的事情，她光想到就會全身顫抖，指尖發冷，為什麼要一個孩子去面對？

那孩子，根本沒有在陽光下開懷地笑過，為什麼就要一個人孤單地停止心跳？

怎麼辦？

怎麼辦？

該怎麼辦？

一個生命，原來這麼輕易就可以消失。

她想到了死，又不自覺聯想到生。

費盡了力氣，都只是為了活著，但為什麼人生活得如此卑微，為什麼要被人視為草芥般渺小，她不求被人捧在手掌心疼愛，但一面之緣的仰如此羞辱自己，連認識許久的隆都看輕自己，讓她覺得好孤單。

她真的不要再見李賀東了，就當自己沒認識過這個人吧。

活著好辛苦，但死亡又可怕。

她想要沒有煩惱地活著，想要遠離熟悉厭惡的一切，如果可以坐上一艘船，航向一個好地方就好了。

❀❀❀

經過西醫院的治療，出血狀況似乎停止了，隆隱晦地跟迷迭香說明，孩子沒有了，薰衣草的身體還好。

幾天之後，隆公布了薰衣草離職的消息。眾人當她是生病了，無法再工作至半夜，雖不捨，也多祝福她要多多休息，養回健康。

迷迭香陪著她搬家，將家當通通搬回老家，期間還有她老家的大哥及二妹來幫忙，於是她們兩個沒有過多的對話，薰衣草的表現也很正常，像平常一樣大呼小叫，對家人呼來喚去。

搬家作業結束後，迷迭香送著好友回到了老家前。

「不做了也是好事，回歸本名了呢。」她拉拉友人的手，試著擠出一點笑容，「你之後不是薰衣草，我得叫你明美了。」

明美回抓了她的手，迷迭香感覺到明美冰冷的手碰到自己內腕上的小小傷疤，明美似乎努力地想要說些什麼，話到口中，剩下一句，「謝謝。」

「我才要謝謝你。」迷迭香搖搖頭，吸吸鼻子，「很多很多的事。」

明美歪歪頭，試著讓氣氛別這麼感傷，「我們又不是見不到面了，別這麼難過，想我還是可以儘量過來找我。我就在家裡附近的工廠做事啊，你忘了嗎？」

迷迭香抿抿嘴唇，「好好保重身體。」

「你也是。」明美說完話，這才緩慢地放開了她的手。

這一刻開始，她才出現了因為好友將要離開身邊的不安感。但是她不能講出來，這只會使明美更難過，她應該要笑著接受明美的離開，然後跟明美道別，而她也這麼做了。

VI

新曆七月和舊曆的六月剛好於同日開始，照慣例全台應該正值熱浪襲人的季節，但今年在進入真正的酷夏前，卻迎來了連日的大雨。

六月下旬下了好幾日的雨，空氣中的悶和濕真讓人受不了，大家都在期待進入七月天氣是否能放晴。

綻放的女給們在初二、十六都會一同前往土地公廟拜拜，迷迭香一向與薰衣草一同行動，如今友人不在，自己又沒有好人緣，可說是形單影隻，甚至沒有人叫她起床，讓她一進入七月就不小心睡遲。換完衣服，她還是先繞到土地公廟一趟，匆匆地燒了一炷香，才步回綻放上班。

進入七月，綻放的客人們也生出了新話題，讓迷迭香不得不注意，說是官方宣布豐原的地區老廟慈濟宮得進行局部拆除作業。

迷迭香聽到這個消息很驚訝，當下店中便進行了一番激烈的唇槍舌戰，多還是不支持公權力介入廟宇，更何況是百年廟宇，甚至有人說，要修繕根本只是為了拓寬道路的理由，也有人主張，都市必須改正，地方才能發展。

她實在很想要好好坐下來，聽聽雙方人馬的意見，可惜因鈴蘭和薰衣草的缺席，店內現在人手異常不足，她得到處送單、倒酒，這裡聊一句、那邊招呼一下，根本沒有時間坐下。

說到鈴蘭，她真的就像是消失一般，眾人尋她不著，已經從原先的生氣轉為擔憂，隆說已和派出所報備了，希望她可以沒事。

綻放面臨人手不足、財政壓力，現在居然還補上一筆失蹤謎雲，眾人的心情都沉重，但在客人面前還是得打起精神歡笑，掛著難看的臉，誰也不願見到。

❈❈❈

豐原驛站的站長，牢田先生的酒席就在近日，於綻放舉行。

李賀東少見地單獨出席，身邊沒有李賀興或是仰的陪伴。

牢田先生與李賀東先和自己打了招呼，迷迭香也快快招呼他們入坐。

一桌酒席熱熱鬧鬧，綻放因為人手不足，大家光是端盤倒酒就忙得要命。迷迭香感受到李賀東的視線似乎斷斷續續地停留在自己身上，但她沒什麼心情，也沒有空閒時間，便就假裝不知道，只是忙著手上的工作。

一直到酒席結束前，李賀東才終於遇到一個迷迭香走近自己身邊的機會。

他看著她今天臉上浮著粉，沒有一絲血色，只有人工抹上的唇色在燭光下反射著光澤。

「今天真是辛苦了。」李賀東最後只說了這句話。

「還好。」迷迭香趁著倒酒時低聲回應，「就要下班了。」

李賀東看來還想要說些什麼，但迷迭香搶先撈話，「那我就繼續去忙囉，下次再聊。」

她翩然離開後不久，酒席就結束了。一行人吵吵鬧鬧散去，李賀東坐在位置上喝完最後一杯醒酒的熱茶湯後，也隨之離去。

迷迭香心中閃過一絲罪惡感，但很快就被要收拾酒客們留下的殘羹冷飯的煩躁感取代。

✻✻✻

再怎麼忙，再怎麼不情願，每天依舊得準時上工。

中午時分，女給們輪流到二樓吃飯休息，一離開客人面前，沉重的氣氛隨即撲鼻而來，再加上沒人願意搭理自己，迷迭香自暴自棄地想要放棄今天的午餐。

她靠在吧檯前的高腳椅上，沉默地嚼著甜膩的牛奶糖、啜飲著冷水。在吧檯裡的秀一郎只低著頭，專注著份內的工作，沒有要和自己搭話的意思。

自己喝完一杯水，將水杯放回桌面後，秀一郎才終於抬起頭，伸手要把只留下體溫的玻璃杯收下。

「咦？」他維持著伸手抓住玻璃杯的姿勢，視線卻停駐在迷迭香的背後，發出一個短暫的疑問音，「那位，是找你的嗎？」

迷迭香順著他的視線，轉過頭，只見幾天沒有交集的李賀東，就站在自己三步之後。

迷迭香在沒有心理準備的狀況下大感驚嚇，差點把口中的牛奶糖吞下。

滑進咽喉裡的異物讓她敲著心門，痛苦地直咳，想著自己怎麼這麼大意的同時，還要小心翼翼擦掉擠出眼眶的淚，避免抹到眼線。

李賀東被她誇張的反應嚇到，他伸出手想要幫她拍拍背，卻又不敢輕舉妄動，一隻手就這樣尷尬地懸在空中，不上不下。在迷迭香壓住自己嘴巴，努力恢復呼吸後，李賀東才怯怯問，「沒事吧？」

「沒事沒事。」她揮揮手，「太不小心，把糖吞下去而已。」

「幫迷迭香小姐倒一杯水吧。」李賀東連忙和吧檯後的秀一郎說。

迷迭香一手摀住嘴，奮力搖搖頭。

但秀一郎已經將一杯水推到了她面前。

迷迭香灌下水，又咳了幾聲，雖然那種食物滑到呼吸道而不是食道的奇怪異物感還殘留在胸口，不過感覺已經好多了。

李賀東看她平靜下來後，一臉欲言又止。

迷迭香心中覺得愧疚，又不甘心覺得自己憑什麼需要愧疚。明明情感關係是雙向的，自己也有喊停的權利吧。

之前兩人不認識時，迷迭香根本沒有注意過對街那間小小不起眼的木造店面，但兩人認識後，迷迭香只要路過，發現李賀東在店中的頻率又是意外地高。

像是門口裝置了高端科技的感知器一般，每次迷迭香路過，李賀東總是剛好坐在透明的窗邊，朝街道方向轉過頭。

她老是仗著自己站在對街，假裝沒看到李賀東點頭打招呼的細微眼神。更別提昨日酒席間擺出的完全業務模式，李賀東不可能不知道自己的態度，但被動理解是一回事，會主動找人又出乎迷迭香的意料之外。

「……其實今天來找迷迭香小姐不為別的，想要問，我是否在紀念日當天做了失禮的舉動？」李賀東鼓起勇氣開口，果然是為了自己這幾天都無視他的招呼一事。只是他為迷迭香的舉止多想了許多，以為是自己弄得女給小姐不開心，「我想弄清楚是什麼事情。」

迷迭香盯著李賀東侷促的表情，有點閃爍的眼神，緊扣著帽子的手指，手臂緊貼著腹部，心中不禁感嘆著，雖然和仰不對頭，實在很難對李賀東這樣嚴謹小心的人發怒。

「……沒有的事。」李賀東明顯不知道仰和自己交手的過程，卻兀自來道歉，迷迭香不知道該怎麼跟他解釋這件事，又不想染上說人閒話的嫌疑，只得先安撫他，「李先生想多了，只是最近事情很多，我有點疲累，可能有時候失禮了，是我該道歉才是。」

看李賀東的表情是不相信自己的供詞，礙於她的態度強硬，又不敢多問，「昨天原本想要拿給你的，但一直沒有機會……」

迷迭香感受到視線紛紛集中在自己這一區塊。

她和李賀東，一坐一站，在櫃檯前交談的畫面好像變成了整間綻放的焦點中心。

相較於迷迭香有點慌張的模樣，李賀東倒是不疾不徐從口袋裡拿出了一條手帕，手帕中有一小鐵盒，「這是從金源記得來的膏藥，可以擦迷迭香小姐手上的傷。」

迷迭香終於遇到了人生中的終極對手，眼前這位先生總能一次次用自己的高尚對照女給小姐的庸俗。為了和仰的一點不愉快就無視李先生的自己實在是罪不可赦。

「雖不敢多問，但那應該是燒燙舊傷吧。」李賀東解釋著，「我和金源記的翁先生問起，他說新長的皮膚較細嫩，乾癢才會想要抓，擦這藥就不會癢了。」

她知道金源記，算是豐原的大藥鋪，居然為了這點小傷親自去拿藥，說不感動那就真的是謊言了。迷迭香沒有辦法解釋自己不是因為皮膚乾癢才摳著疤的，只得連聲道謝收下。「我才不好意思，害怕李先生之前在州廳，因為我作畫的進度給延遲。」

「延遲？」李賀東愣了一下，「別這麼想，迷迭香小姐，作品總會在它該被完成的時間完成的，何來延遲之說。」

迷迭香尷尬掀掀紅唇，又無聲閉上。

「最近有什麼煩惱也可以直接跟我說，雖然幫不上什麼忙，但多一人分擔總是好的。」李賀東看來是相信了迷迭香說「最近事情很多」的說詞。

「真是……謝謝了。」迷迭香結結巴巴。

「對了，我還要跟你確認……」

見李賀東還有話要說，迷迭香只好當機立斷打斷他，「李先生，我再去找您好了，不管您是要問些什麼。」

李賀東愣了一下，後知後覺地回過頭，看了一下揚著輕快音樂、人們輕聲交談的綻放店中。可能是個性上的差異，他倒覺得他們兩人混在人群中非常不起眼，應該也不會有人注意到他們在說些什麼，但看迷迭香表情真的有點緊張，他也只能識相地先行告退，「好，那就不打擾你上班了。」

「我會再去秉燭居找您的。」迷迭香保證，這句話言下之意就是要李賀東不要再出現在綻放。

李賀東只是點點頭，往後退一步，將原本拿在手上的帽子戴上。

迷迭香看他如此識相退場，也不多問一句，只有乾巴巴地說了一句，「真的是很謝謝您的藥。」

「不會。」李賀東臉上掛著一個儒雅的笑容，「舉手之勞而已。」

❀❀❀

李賀東離開之後，秀一郎看向自己的眼神充滿疑惑，「你們在戀愛嗎？」

迷迭香義正詞嚴說道，「不要造謠。」

「還以為你好手段，找到好物件。」秀一郎惋惜地搖搖頭，「他看起來就是好人家養大的。」

「把人說成物件，有點失禮吧。」迷迭香語調像平日般，用平穩的速度和秀一郎搭話。

「你們不是都這麼說的嗎？」秀一郎嗤笑，「要選一個好的物件，才能談一場好戀愛。」

「我最近還沒有這個打算，免操煩。」

「你們才不需要我操煩。」秀一郎不留情地繼續說，「盲目陷入戀愛是少不更事的少女們在做的事情，你們可會好好選擇物件，再安排個起承轉合不是嗎？其他人我還不敢保證，但我可是相信迷迭香你是專業的呢。」

他的語氣讓迷迭香有點不耐和惱怒，卻又懶得跟他吵。她冷著臉拿起水杯，一言不發離開吧檯。

晚間工作時，迷迭香一直覺得心中掛念著一件事，李賀東送來的藥膏，放在兜裡，沉甸甸的，像是自己的心情。

她突然覺得自己很好笑。

所謂的戀情，實在很難用言語整理出進度和程度。總是兩人在互相試探時，得到共識後繼續往下走的。

她當然感受得到李賀東對自己的善意，就像秀一郎說的，她也不是少不更事的少女了，對於男性這樣的試探和友善，也早知其所以，如果真的不要，拒絕了就好。

李賀東是個紳士，迷迭香看得出來。不是那種佯裝多情實則濫情的年輕才子，不知道怎麼的，哪個表情哪個動作，讓迷迭香相信他是個紳士，不會糾纏人的那一型，兩人就這樣好好當朋友吧，這是最好的劇情發展了。

她突然想到了很多事情：想到仰不滿的表情、想到隆對自己的輕視、想到薰衣草明美黯然離去的身影，想到山下先生惡意探究的眼神。

這麼想來，山下先生又有什麼錯呢，雖然自己心中一直埋怨著他對自己不好，但他有何理由要善待自己？

山下先生沒有錯，錯的是兀自期待他拯救又兀自難過覺得被背叛的自己。

在這個世道生存，想要太多一百分的東西，就會受一百分的傷，要好好把持住自己的心，無欲則剛。

下班後就去找李賀東吧，用朋友的角度謝謝他對自己的關心。

❀❀❀

迷迭香從門外探頭探腦時，李賀東正背對著自己，坐在店內中的畫室裡作畫。她一推動門扉，風鈴響起清脆的聲音，李賀東才回過頭。

「迷迭香小姐？」他連忙放下炭筆，起身招呼。

「只是來打擾一下，不必招呼的。」迷迭香走進了秉燭居，在店中張望幾眼，發現仰不在，

「我要來謝謝您的藥膏，真的是受寵若驚。」

「都說不用客氣了。」李賀東左看右看，隨興地用炭筆指指離自己一公尺之外的木椅，「請坐吧。」

「您在白天，說還要問我的事情是什麼呢？」迷迭香蹭到椅子旁，坐下。

李賀東隨即問她有關愛國婦人會於公會堂舉辦的賑災義捐音樂會相關事情，這場公開音樂會將由綻放咖啡廳負責招待。

他說想要知道一些細節，便問了一些流程和來賓，迷迭香也依所知的一一回答。

回答完後，李賀東顯得有點遲疑，像是在考慮著什麼，一手撐著膝蓋，一手拿著炭筆，輕輕敲擊桌面上隨意放置看來是草稿的紙張。

「您要出席嗎？這一個義捐場次。」迷迭香問。

「我有幾個選擇，但我跟弟弟賀興說，想挑一場出席就好。」李賀東老實回答，「我不是那麼喜歡這種社交場面的人。」

「雖然說不喜歡，但您做得很好，所以不用擔心。」迷迭香客氣地說，「我也只知道這個場次的細節，沒有辦法給您過多的建議……」

「別這麼說，已經是很大的幫助了。」李賀東有點尷尬地笑了一笑。他停頓了一下，繼續說，「想說來問清楚，迷迭香小姐哪一個場次會在場，就選那一場參加，有認識的人也比較好。」

看到李賀東誠懇又靦腆的模樣，迷迭香覺得原本已經決定淡漠的決心有點崩塌，「當然，有認識的人在，總是比較放心。」她面不改色回話，話鋒卻一轉，「話又說回來，我聽店裡的客人說，慈濟宮確定要拆了。」

「《州報》中確實這樣寫，還有說彰化銀行或許也得拆。」

迷迭香皺起臉，假裝自己已經忘記了義捐音樂會的話題，只專注在談論這些日常，「已經確定了嗎？」

「當然我們還在努力挽回。」李賀東終於放下炭筆，他抓了一條溼手帕，擦了擦手，「慈濟宮地震當下的受損狀況還好，但因為連日的大雨，正殿漏水、木材也腐壞了，官方或許想要藉此整頓一番。請不要太擔心，我們都在努力，最近的目標是希望拉攏郡守可以站在我們這邊。」

「李先生是復興委員會的一員嗎？」她記得李賀東講過都市改正的最大負責機構便是復興委員會。

「不，我不是。」李賀東用乾淨的手，為她倒了杯茶，「我是反對改正派的，畢竟慈濟宮也是好幾代在地人的共同回憶。」他突然問，「迷迭香小姐吃晚餐了嗎？」

現在時刻是下午七點，迷迭香確實還沒有用晚餐，但是也不希望李賀東為自己操心，只是遲個兩秒回答，李賀東便接著誠摯地邀請，「我剛好有煮，一起吃吧。」

「不用啦，這怎麼好意思。」迷迭香這才後知後覺在這時分來叨擾不太好，「我並沒有很餓，不用麻煩了。」

李賀東溫和地笑了笑，「其實也不麻煩，我一個人在店中，只簡單煮了番薯湯而已，如果迷迭香小姐不嫌棄，就一起吃吧。」

如果李賀東端出很厲害的菜餚，或是提議要一起出去吃，迷迭香或許會覺得愧疚而不敢答應，只是一碗番薯湯，倒是不好再拒絕。捧著微溫的番薯湯，她心中突然想到，以李賀東的身分地位，裱畫店的老闆、組合的監事、再加上來自富裕人家，不應當過得如此簡樸，是因他的個性使然嗎？

「啊，番薯冷了。」李賀東也給自己舀上一碗，「需不需再加熱呢？」

「我的不需要，這樣就很好了。」迷迭香感激以對，「謝謝李先生的招待。」

李賀東再吃了一塊番薯，才以順帶一提的語氣問，「最近心情不是不好嗎？」

迷迭香想到自己白天說的那番「最近事情很多」的言論，有點尷尬地看他一眼。

「誠如我白天所說的，都可以跟我分享，雖然不一定能提出好的建議，但總是多一個人承擔。」

迷迭香沉默了一下，最終還是或多或少說了出來。

因為李賀東不是綻放裡的人，一些話反而更容易說出口。迷迭香忍不住抱怨了一下綻放目前的氣氛有多沉重，鈴蘭的狀況又是多麼令人擔心。雖然說友人的離開也是她心情低落的一大原因，但目前迫在眉睫的，還是整個工作環境都籠罩在不安的氣氛中。

「聽你這麼說，我覺得不需要擔心那位薰衣草小姐，雖然現在店內缺少人手，為了照顧家人而辭職也是無可厚非。」

迷迭香當然沒有向李賀東說明事情的真實經過，只說薰衣草是因為家人而自主辭職，李賀東沒切中重點的安慰還是讓自己寬心不少，她拉拉嘴角，「也是呢，在工廠工作也不錯。」

「至於那位失蹤的女給小姐，有通報派出所了嗎？」

「嗯，早就去通報了。說實話還真希望只是私奔或是債務問題離開。」迷迭香談到這個話題，不禁食慾全消，她為看起來不了解的李賀東解釋，「《台衛新報》前陣子有一則報導，說台北榮町的一名女給，下了班陪顧客吃消夜。兩人談話時不愉快，客人便動粗，隔天女給被人發現全身是傷，丟在路邊，好在沒丟命……店中聽聞，開了一次討論，也不管是不是醜聞了，鈴蘭的事，還是得先通報派出所再說。」

「她的家人呢？」

「也說不清楚她會去哪。」迷迭香放下碗筷，呼出一口氣，「經理為此非常生氣，覺得應該是由於鈴蘭沒有謹守與客人間的距離。」

李賀東聞言，居然露出了不以為然的表情，「這就是經理不應該了。」

迷迭香很驚訝竟可以從李賀東臉上看到這個表情，「當然經理也擔心啦，有試著想要幫忙鈴蘭家人尋找她。」

「不，我的意思是——」李賀東想了想，努力地將自己想要講的話理出頭緒，「這個社會尤其對於受害者總是非常苛刻，如果有令人遺憾的暴行發生，第一時間多責怪受害者甚於譴責加害者，檢討受害者的行為，而非撻伐加害者的暴行。經理所講的，沒有謹守和客人之間的距離，就是在檢討現在失蹤的鈴蘭小姐的行為。」

「鈴蘭也有不對啦，她確實不懂得保護自己。」迷迭香其實不太理解李賀東的意思，只了解他認為經理不該說那種話，「女給也是個風險很大的職業呢。」

李賀東搖搖頭，「不懂得保護自己也不代表她得受害。」

「但是如果一開始就有警覺，受傷的機率便會小得多這也是個事實。」

他聽了她的話，思忖了三秒，不贊同地皺起眉，「如果這個社會讓活在這裡的人每日擔心受怕，必須提高警覺生活，那確實是整體社會大眾的問題。更別提對某一種性別特定的攻擊行為了。」為了急切地想要表達自己內心的想法，李賀東的語速稍稍加快，不知道是否是不小心的，突然接著說，「像是迷迭香小姐手上的疤，也是在工作時受的傷吧。」講完話，迷迭香臉色大變，李賀東馬上就知道自己說錯話，住了嘴。

「……為什麼？」她的疑惑全寫在臉上，「為什麼李先生會知道我的傷是工作時弄的？」

李賀東有點尷尬地咳了一聲，「那天打麻雀時，山下先生看你精神不好，原要隆經理拿支菸給你，經理在我面前說，你工作時給菸燙了，後來就不吸菸。」

迷迭香沉默了幾秒，試圖想要緩和氣氛笑了幾聲，「那我跟李先生說是因為吸不起菸而要戒菸時，其實李先生馬上就知道我在說謊了，卻沒有揭穿我呢。」

李賀東惴惴不安。其實初聽聞這件事時，他並沒有放在心上，直到迷迭香說了要戒菸，他又親自看到傷口時，才驚覺這是個刻意造成的傷口。他猜想應是酒客喝了酒，動了粗，這才燙傷她的，「真是抱歉，提起了這個話題。我原先只是想說，這本來就不該是妳們應該承受的危險。」

「不會不會。」雖然有點難堪，但迷迭香知道李賀東是為了自己好，只是這樣的好意讓自己覺得有點尷尬。她佯裝突然想起般看了一眼時間，「啊，休息時間就快結束了。」

如此粗糙的退場方式李賀東怎會沒有察覺，只是自己也覺得說了多餘的話，不知道怎麼挽留。

「那我先離開囉，真的很謝謝李先生聽我講心中的煩惱。」

「哪裡。」李賀東站起身，送她至門口，才鼓起勇氣跟她說，「迷迭香小姐下次再需要聽眾，我很樂意幫忙，這些心情，一個人承擔實在太辛苦了……那就之後，音樂會見。」

他的所作所為實在太真誠了，迷迭香肯定他再多關心幾句，自己說不定就會把一直以來的恐懼和面臨的困境跟他分享，就在自己說出口的那一刻，應該就是他們良好關係結束的那一天吧。

回到綻放，開始工作前的洗手時間，迷迭香忍不住一直凝視著自己手腕上的疤。

和原本決定遠離李賀東的決定相反，又覺得李賀東真的是個溫暖的人，光能認識這樣人，就是自己的幸運吧。

⌘⌘⌘

鈴蘭失蹤疑雲在休息時間後告終，迷迭香回到店內後便有了重大發展。

秀一郎發現一段時間和鈴蘭形影不離的常客陳先生，在鈴蘭失蹤後，再也沒有出現在店中。秀一郎主動拜訪了陳家一趟，得到了驚人的消息：陳先生也幾天沒回家了，說是和友人去北投享受假期。一找到突破口，秀一郎立即動身去尋找鈴蘭，而於此同時，綻放所包攬的音樂會也即將展開。

店裡少了勞力派的秀一郎、手腳俐落的薰衣草及對於工作頗為積極的鈴蘭，就算大家早早到達會場，卻還是覺得整理會場的時間遠遠不夠，差點來不及開場。

賑災音樂會的會場大約三十坪，有六疊左右大小的舞台，舞台右側放有一架鋼琴，左側擺有幾盆盛開的花，舞台前整齊排放了五十個座位，座位兩側是兩張長桌，一張是簽名處，一張則備有冰涼的冬瓜茶。

排好了所有的座位後，會場門口走入了幾位陌生的女性，似乎是今日的表演者，隆趕緊上前招呼她們，迷迭香趁此偷了幾分鐘的閒，馬上一屁股坐在椅子上，揉著因高跟鞋而緊繃的小腿肚。

一邊揉著小腿肚，眼睛還不忘緊盯著門口方向，才是正確的偷懶模式。注意隆經理及陌生女性們的同時，她發現一名女孩也正盯著自己。

她有著窄小的臉頰、被蓬鬆瀏海所覆蓋的額頭，微微下垂的眼角讓她看起來天真無害，圓潤的小鼻頭下是塗著唇膏、下唇較為豐滿的小嘴。她留著流行的、削至耳下的短髮，身材嬌小，穿著白底黑點、繫出纖細腰身的洋裝，戴著優雅的鐘形帽，瀏海下的眼睛盯著自己。不管是那件洋裝、高雅的帽子，甚至是她耳垂上的珍珠耳環，迷迭香一看就知道是高檔貨，說不定還是舶來品。

她的眼神有點奇妙，探究觀察間帶著冷漠，兩人視線一相交，又假裝無異地移開了視線。

迷迭香直覺見過這個女孩，卻一時想不起來她是誰。

最後直到木槿開口叫喚自己去幫忙，迷迭香還是想不起來她是誰。但自己在站起身的那一刻，女孩又轉過頭偷看自己一眼，讓迷迭香再度確信，自己一定認識她，只是現在想不起來而已。

迷迭香絞盡腦汁思考了五分鐘左右，答案還沒有想出來，觀眾倒是開始入場了。

連忙戴起象徵工作人員的斜揹帶，迷迭香拿起募款箱，站到了負責招呼觀眾簽名的木槿身邊。觀眾魚貫而入，一一先簽名後，不少人接著投了錢至募款箱中，才步向座位區，迷迭香臉上不忘掛著感謝的笑容，感激他們為賑災所出的力。

李賀東和弟弟李賀興一同到達，一走進會場，便看到了彼此，迷迭香手上抱著募款箱，不方便打招呼，於是只露出一個微笑，李賀東也抿抿嘴唇，應該是試圖回以微笑。一旁的李賀興看到，也脫下帽子，對自己燦爛一笑。

明明是對好相處的兄弟，兩人的對外溫度卻差很多呢。

簽完名後，李家兩兄弟走到了募款箱前，「迷迭香小姐有座位了嗎？需要幫你佔個位子嗎？」李賀東問。

「我跟綻放一起看就可以了。」迷迭香雖然感謝他的好意，卻還是婉拒了。

「唉，等到你們可以坐下，都得坐後排了。」李賀興拍拍胸口，熱情地表示占位子的工作就交給自己，「你得坐前排一點呢。」

迷迭香不懂李賀興的態度，為什麼自己得坐前排點呢？「我主要是來工作的，佔了客人的位置不好。」

「我老實跟你說吧。」李賀興一手遮著自己的嘴，一手偷偷指向舞台，「主要是今天有一位表演者，說什麼都想要見你一面，拜託我幫你安排比較前排的位置，這樣就算結束後沒機會談到話，也可以看看迷迭香小姐。」

迷迭香疑惑地皺起臉，「是誰？」可以在賑災音樂會幫上忙的表演者，自己可是一個都不認識。

李賀東聽他這麼說，倒是露出一臉恍然大悟的表情，「你跟那位說了迷迭香小姐也在音樂會的事情？」他確認似地又問了一次李賀興。

所以那位到底是哪位？迷迭香瞬間想到了剛剛打量自己的嬌小女性。

「先生，請問您還有要捐款嗎？」坐在身邊的木槿突然開口問，看來是嫌棄自己站在此地過久，阻擋其他人的路線，李賀東一個箭步向後退，馬上出口一句「不好意思」。

「那我們就先到座位上喔。」李賀興跟著哥哥的腳步，向座位邁進，「我們會幫迷迭香小姐佔一個位置，一定要來坐喔，不然空著也不好。」

李賀東不等迷迭香回應，向木槿及迷迭香點點頭後，便跟弟弟一同前往座位區。

他們一離開，木槿從鼻子哼出一口氣，以一種清晰的聲音自言自語，「都不知道是來工作還是來交際的。」

迷迭香朝右邊看了一眼，雖說是自言自語，木槿就擔心自己聽不到才會講得如此清楚吧，自己可不能辜負她，於情於理也得回應一句，「那你是來工作的還是來看我工作的。」她儘量誠懇，裝做一副認真疑惑的樣子，「找我麻煩不忙嗎？」

木槿答不上話，只得狠狠瞪了她一眼。迷迭香勝利式地扭回了頭。

❀❀❀

結果觀眾人數比預期得多，椅子臨時多擺了十幾張，所有人才皆有座位。會場的空氣漸漸悶熱了起來，隆要木槿和迷迭香搬幾塊冰塊到舞台前，迷迭香是很樂意幫忙，木槿卻一副不想跟自己合作的模樣，迷迭香一個生氣，自己負氣推著幾公斤重的冰塊前進，還好有觀眾樂意幫忙，才將冰塊置於舞台前。

待她挪好冰塊，表演眼看就要開始。

迷迭香掃視了群眾一眼，看到李賀東和李賀興身邊的椅子只擺著外套和帽子，應是為自己所留的位置，便趕著在開場前，坐上李賀東身邊的空椅。

李賀東原本專注地在看手邊的報紙，感覺到身邊有人坐下，才抬眼對她點點頭，「招呼辛苦你了。」

「不只招呼，我連粗活都做了。」迷迭香用手搧著微弱的風，齜牙咧嘴，「舞台前那些冰塊是我搬的，厲害吧。」

李賀東低頭看看她的跟鞋，露出佩服的表情，「雖然很想稱讚你很厲害，但下次可以請我們幫忙的。」

「不用了，你們是客人嘛。」這句話講得底氣不足，畢竟還是有其他的客人幫忙，讓工作人員的顏面掛不住啊。

「綻放其他人呢？怎麼沒有幫忙？」李賀東收起報紙，一邊問。

迷迭香無所謂地聳聳肩，「我不討她們喜歡。說實話還要感謝李先生為我留位置，我剛看了一眼，綻放那區看是坐滿了，沒我的位置。」

李賀東顯然對此事和對方所表達出的態度感到震驚，他結結巴巴表示，「吵架了嗎？還是上次說的氣氛不好還沒解決呢？」

「這小事。」迷迭香不誠心地安慰李賀東一句。一直都是這樣，不足為奇。

李賀東做了一個微妙的表情，「老實說這頗令人擔心。」他講完這句話後，居然鮮少露出一個不明顯的笑容，「如果是因為這樣，迷迭香小姐才願意跟我們一起坐，那也算是因禍得福。」

他今天怎麼這麼直接？迷迭香像看到什麼世界奇景般瞪著眼前的李賀東。李賀東被她看得尷尬，壓著嘴，乾咳了幾聲，將背靠回椅背上。

他這樣的動作，讓相鄰的李賀興注意到了迷迭香的存在。跟自己隔了一個座位的李賀興連忙探出頭向迷迭香招手，「迷迭香小姐真辛苦，現在才坐下。不是跟迷迭香小姐說過，一位表演者想要見你，剛剛我去關心，她說她已經見到迷迭香小姐了。」

「那位是哪位？」迷迭香被轉移了注意力，「是否是一位帶著鐘形帽跟珍珠耳環的女性？」她猜測是準備時間裡，站在門口的女性。

「嗯？珍珠耳環？」李賀興不確定地歪歪頭，「是戴了帽子沒錯，她說已經在你們準備時就看見迷迭香小姐了。」

看來真的是自己心中想的那一位。得到了肯定的答案，反而更加疑惑，「我不認識那位小姐。」

「你見過的。」李賀興偷笑幾聲，「只不過你見到的版本不是血肉做的，是油彩畫的。」

同時，一名女性走上了舞台，迷迭香只得轉回頭，將背靠回椅背，不再追問。經過李賀興一提點，她記起那名女性了——是李賀東的畫中人，李賀興的未婚妻，林家的小姐，閨名五月。

第一位表演者在鋼琴前坐下，在眾人完全安靜後，兩隻手擺上了琴鍵，一開始便是三個低音配樂重複的開端，再搭配右手簡單的不明朗主旋律，歌曲的速度不快，隨著旋律，卻覺得每個音的重量越來越重，迷迭香覺得這首音樂聽起來莫名令人心慌。

李賀東跟她說，這首是貝多芬的〈月光〉。

接著一首也名為〈月光〉，是法人德布西的作品，雖開端曲速更慢，卻不似前一首讓人感到陰鬱，中段後的速度加快，流淌的音階確實有皎潔月光之感。跟貝多芬帶給人的不安及掙扎不同，德布西的月光是溫和且柔順的。

迷迭香光聽兩首鋼琴曲便覺得感動人心。

接著的表演還有小提琴、口琴及大提琴的。她最喜歡大提琴所演奏的〈巴哈無伴奏組曲〉，她搞不清楚自己喜歡的到底是第幾號曲，只覺得大提琴低沉而有磁性的聲音，緊密又不太具有煽動力的音符，帶給聽者完全的平靜。

音樂會來到了最後，一人沒帶上任何樂器走上舞台，便是有著俏麗短髮，穿著束起腰身洋裝的五月。

五月站到了鋼琴邊，對台下的各位露出了一個自信的微笑，在眾人掌聲結束後，她說，「我將演唱普契尼的歌劇，《蝴蝶夫人》裡一段女主角在第二幕所唱的詠嘆調，Un bel di vedremo，〈美好的一日〉。」

〈美好的一日〉一開始便由一個高音開場，雖名為〈美好的一日〉，音樂中卻有著些許的空虛感。這個刺入腦袋的高音頗有爆炸性的效果，觀眾同時屏住了呼吸，生怕一個呼吸太大聲就打破了這個似水晶般精粹的聲音。迷迭香不太善於唱歌，聽著也覺得這是首難度很高的歌曲，果然在四分鐘左右的歌曲結束後，眾人爆出了熱烈的掌聲。

迷迭香並不認識她，直到現在還是覺得她在開場前對自己的凝視莫名其妙，但此看卻忍不住轉頭對李賀東興奮說，「林小姐好厲害！」

沒想到李賀東居然回了自己一個無奈的笑容。

迷迭香不明究理，沒看到哥哥表情的李賀興再度從李賀東身邊另一側探出頭，「是吧，很厲害對吧。五月是在就讀女學堂時，跟隨著牧師娘學習聲樂和鋼琴的。」

李賀興這般急著炫耀未婚妻的模樣，讓迷迭香覺得好笑。

音樂會結束了，綻放的女給們紛紛站起，開窗開門、為還要留下來聊天的客人倒冬瓜茶，宣導賑災的捐款事宜。迷迭香當然也無法偷懶，和李家兄弟說一聲，便站起了身。音樂會結束後，李家兄弟亦沒有從正門離開，反而是前往後門，也許是找五月或是主辦單位交際去了。

迷迭香原本以為心中許多對音樂會想說的話，得等到下次和李賀東見面再分享了。整理完會場，準備打道回府前，隆做了一次簡短的檢討，大意是今天各位做得不錯，主辦單位也很滿意會場的招待和布置，並募得不少錢，可以幫助災民。

綻放一群人收拾好細軟，要離去的前一刻，迷迭香鬼使神差地回頭，又看了一眼會場。只見嬌小的五月，坐在舞台上，腳還掛在半空中晃著晃著，明目張膽凝視著自己，接觸到她的視線，五月再度僵硬尷尬地轉移視線。

迷迭香忍不住注意到她耳下溫潤光亮的珍珠耳環，在烏黑短髮的襯托下散發著高貴的光澤。

雖然對方已把目光挪開，但迷迭香仍向五月點點頭，就當是致意，隨後便跟著綻放一行人離開現場。

林家小姐認識自己？迷迭香無法忽視她一直偷偷打量自己的事實，決定也來了解一下五月這個人。

旁敲側擊一直是迷迭香的拿手好戲，尤其是綻放店中一向不缺客人，自以為見多識廣的客人們總是最靈通的消息來源。

❀❀❀

隔天，綻放一如往常，群聚著一些客人和女給靠在吧檯處，討論著昨天的賑災音樂會。迷迭香不動聲色靠了過去，神色自若地坐下，為一位客人斟了酒，再適時補上一句，「最後那位唱歌的女性，真是天籟呢。」

「她是內埔街上一家米庄的女兒，姓林。」一名客人熱心地分享著自己所知的全部事情，「我記得已經訂婚了，和豐原街上的李家。」

「李家大兒子嗎？」迷迭香明知故問，「就是對街秉燭居的老闆嘛。」

「好像不是吧……」那位客人不太確定，露出了遲疑的表情，「我記得林小姐是和小兒子訂婚。」

她還來不及追問，便有另一名客人插入了他們的話題，「大兒子是細姨生的，怎麼可能跟好人家的女兒訂婚。」

細姨？

意外聽到了李賀東並不是正式婚生子女的消息。

果然世界上沒有祕密，只有藏不住的往事。這樣看來，弟弟都訂婚了，李賀東卻還沒結婚的疑問也有了解答。她貌似平靜地為客人們點單、倒酒，明明一切是自己主動去打聽的，心中卻對不小心探聽了李賀東的私事而愧疚。

迷迭香覺得面臨到人生的最大挑戰。

她想，如果李賀東是那種典型的自大男人，說不定還比較好對付，但他如此誠懇和真摯，讓人覺得傷了他的心都是天底下最大的罪責。

她得承認，聽到李賀東是非婚生子女的那一刻，心中是很心疼他的。

這不是個好預兆，畢竟迷迭香知道自己不是個同理心氾濫，會為陌生人隨便掬一把同情淚，再無怨無悔幫助別人的類型。

但這樣的自己為李賀東心疼了，是不是某種要陷入愛河的預兆。

不可否認地，她確實覺得李賀東所在的世界很吸引人，但同時深知自己的心意，自己不過是因為忍受不了現狀，才想要逃到一個嶄新的環境，愛情對她來說就是這樣救贖性的轉變。用這樣的心態去面對李賀東，對他來說一點都不公平。

再者，從另一個困境跳到另一個困境還沾沾自喜覺得自己解脫了，這樣的蠢事做一遍就夠了，實在不用再去體驗一次。

愛情終究會退去，他們在愛上彼此後，經過好幾個月、好幾年，有朝一日一定會恨上彼此，李賀東是個多麼好的人啊，她不想要倏然拉近距離接著失去他，就讓我們保持現狀，維持微妙的安全距離不行嗎？

VII

星期五，繁忙的星期五，迷迭香發現了秀一郎不在店中，但她沒有多問，只當是普通的休假。

傍晚時分，秀一郎從車站打了通電話到店裡，捎來消息，說在北投的一間旅館找到了鈴蘭。她和陳先生私奔後不到一星期，陳先生便散盡身上錢財，將鈴蘭一人丟在北投，自顧自地離開。

大家對鈴蘭平安無事的消息感到放心，包括隆經理，雖然他下一刻就交代秀一郎轉達鈴蘭她將被辭退的消息。鈴蘭看來就在電話那頭的秀一郎身邊，電話那端沉默幾秒，然後傳來了清晰的啜泣聲。經理當機立斷，掛上了電話。

迷迭香對隆處理這事的方法沒什麼意見，沒想到下班前，隆卻主動找她談話。

他們倆和和氣氣坐在吧檯前，隆喝著手上的威士忌，迷迭香則盯著桌子上裝著冰水的玻璃杯緣上的小水滴，氣氛有些詭異，這樣平靜的景象照理說不該出現在他們兩人之間。

她喝了一口冰涼的水，終於忍不住先開了口，「不會是因為鈴蘭的事情，要給我來個機會教育吧？」

隆沒有回答，但也沒有否認，又喝了一口酒，才把酒杯放下。

「太荒唐了。」迷迭香手撐著桌子，誇張地嘖嘖幾聲，「我的人生經歷可豐富著，不需要借鑑別人的例子。」況且別人也不願意給你借鑑。

「我只是想要跟你說，熱戀總是倏忽即逝。」他想了想，又補上一句，「婚姻還是比較有保障的。」

迷迭香失聲一笑，「我倒不知道你是保守派的人。」

「某些方面來說，我確實很保守。」沒想到隆正經八百地回應著她的調侃，「我認為別人有恩於你，就該湧泉以報。這是美德，也是應盡的義務。」

迷迭香瞇起眼睛，指甲在吧檯上敲幾下。她當然聽得懂隆這麼說的意義，但是，為什麼選在這個時間點提起這件事？有什麼事情要發生了嗎？「我想想，山下先生接下來會怎麼樣對待我，居然讓你特地先來警告我一聲，真是好奇。」

「對你不會有壞處的。」隆不明講，卻又意味不明地回應了這一句。

迷迭香沉下了臉，「山下先生覺得我可以活著都是受他的恩惠吧，我只要還繼續呼吸著，他不會覺得有任何事情是對我有壞處的。」

隆想了想，問她，「我可以當成，你抱怨山下先生不夠重視你的意思嗎？」

「絕對不是，我可無福消受。」她看怪物似地瞪著平靜的隆，「我的意思是希望他放過我，就這樣放開我吧。」隆的腦袋構造跟自己不一樣，今天再度證明了這件事情，「這次我不會乖乖就範了。」

隆扭過頭，表情還是一貫的平靜，「你的膽量變大了嘛。」

沒錯，自己一向是敢怒不敢言，但迷迭香卻隱隱知道這次的情況比以往還棘手，「謝謝你的讚美，我下次會勇敢說不的。」

「這個轉變是從何而來呢？」隆問她，又擅自猜測著，「或許是因為，你覺得李賀東先生會是你的後盾嗎？」

迷迭香嚇了一跳，驚訝於隆提起李賀東的名字，「為什麼突然這麼說？」

「明眼人都看得出來你們的關係，不就是對互相看對眼的年輕男女，街上一把抓上都是這種人。」隆嘆口氣，兩隻手撐在桌上，身體向後傾，轉過頭，緊盯著她笑，「記住我跟你說的，戀情是倏忽即逝的，你只會把自己逼到另一個絕境。我之前好像跟你說過對李賀東上心點吧，他是不錯的對象，這句話你也忘了吧，就當是我多管閒事。」

「謝謝你的警告。」迷迭香覺得跟隆無法再談下去了，她跳下椅子，一把抓起包包，「如果沒有其他的事情，我先回去了。」

「還有最後一件事。」隆扭回頭，留給迷迭香一個後腦勺，「我找一天帶你回居所一趟。」

她停頓了一下，最終還是應了聲好，才快步離開僅剩一人的綻放。

✲✲✲

離開了綻放後，迷迭香心中止不住焦急，心亂如麻。

看著鈴蘭出事，她應該要知道怎麼幫自己留後路的，就像秀一郎之前說過的，無怨無悔付出、不顧後果愛著一個人是件傻事。

但她現在就是很想去見李賀東一面。迷迭香憑藉著一股衝動，跑到了秉燭居。

常常燈火通霄的秉燭居今天卻一片昏暗，李賀東不在。

被夜風一吹，迷迭香的腦袋冷靜了不少。

自己這是在做什麼？

她忍不住摳摳手腕上的疤。

她並不記得是誰為自己留下這個疤。

準確來說，是她沒有看清楚對方的臉，也不知道他的名字。但她記得山下將他領到自己房門口的腳步聲，她當時被灌了酒，有點迷迷茫茫的，聽到有人走近，拉開了拉門的聲音。

聽到有一個陌生男人的聲音說，「沒想到你還有幫我準備女人？」

準備女人？她的心中涼了半截，想著要清醒，努力眨著眼睛，卻一直沒有辦法對焦，看不清楚，身體軟綿綿的，只能害怕地往被子裡縮。

山下先生回答，「投其所好也是談生意該做的。」語氣輕鬆的像是「為你準備了高檔的洋酒」一般。

她心中想著完了完了完了，用力想要將自己的身體撐起來。

自己在床上掙扎的同時，山下先生先離開了房間，男人走到了她的榻邊，他抽著菸，迷迭香看不清楚他的臉，卻聞到了蔓延開來的菸草味。

她自己也會抽菸，從來沒有想過菸草味聞起來是這麼噁心。

男人沒說一句話，伸出手想碰她領子的瞬間，她用盡了全身的力氣，抬起手，將男人的手打落了。

喝醉的年輕女子能有什麼力氣，男人的手也不過一偏，冷哼出聲，「擺什麼架子？」然後他抓住她打人的手，惡劣得拿下叼在嘴上的菸，燙上去。

迷迭香痛得尖叫的同時，因為痛覺，意識竟瞬間恢復不少。

她用盡了力氣，往男人胯下一踹。

在男人痛得鬆手的瞬間，掙脫出逃。

她連滾帶爬衝出房門，摔到廊上。

此時視線已經可以對焦，又加上廊上比房內亮，她抬頭看向這個熟悉的建物，卻覺得好陌生好可怕。

怕男人緩過神，她奇蹟似地奪回了身體的主控權，站起身，跑到了山下的書房。

山下看到她撞開書房門，頭髮散落，神色惶恐地僵站在門口，居然還惡劣地問她，「不是要你好好招待客人嗎？」

她開開嘴，一瞬間說不出話。心中充滿著被背叛的衝擊和惶恐，還有被人視為玩物的羞恥和絕望感。

巨大的恐懼從她的肺部滿溢出來，幾乎讓自己窒息。

她知道李賀東為自己擔心，應該說，他會為所有無法控制自己生命、身體或是命運的人擔心；並希望他們可以打起精神，不要悲觀，但他們怎麼可能不悲觀？在感受疼痛前連縮回手的力量都沒有的人，怎麼可能樂觀得起來？

腦袋冷靜下來後，迷迭香猶豫了幾秒——自己該何去何從，是回寮舍嗎？還是在秉燭居等待李賀東？雖然她也弄不懂見到李賀東自己該說些什麼？

「是迷迭香小姐嗎？」背後傳來一聲叫喚。

迷迭香轉過頭，意外看到林家五月小姐站在對街，一身杏白色的洋裝在月色照射下散發著淺淺光暈。

「林、林小姐？」五月手臂上還抱著一隻小狗，整個人的造型高調得讓人無法忽視。

五月似乎在原地糾結了幾秒，最後邁開步伐，穿過對街，「嗯，叫我五月就可以囉。」接著站到迷迭香面前。

她終於近距離地正面看到了林家五月小姐。

不知道是不是先入為主的想法，迷迭香心中完全只有一句話：像畫一般的女人。

「你來找賀東大哥嗎？」她原本也想就打聲招呼過過場，但事實上有點無法忽視迷迭香看起來非常慌亂的表情，「有煩惱嗎？」五月歪歪頭，「看起來表情不太好。」

「現在沒事了……」迷迭香佯裝鎮定地回應。

「大哥現在又不在……」五月自說自話，她停頓了一下，好像在猶豫些什麼，最後下定決心說，「如果不介意的話，一起去吃個消夜吧，我知道沿著綠川走，有一間好吃的夜食堂。」

迷迭香猶豫了一下，不知道要怎麼拒絕。

「不要拒絕我嘛。」五月微笑著說，將手中的狗狗放到地上，小狗居然也就乖乖地依偎在她穿著低跟包鞋的纖細腳踝邊，「你看起來有點不舒服，喝碗熱粥會好一點的。」

反正自己也不知道有什麼地方可以去，迷迭香不再猶豫，就這麼跟著五月信步離開。

「你知道我是誰嗎？」五月兩手搖晃著包包，距離維持在迷迭香左前方二十公分處。

「是李賀興先生的未婚妻，在見過你之前，我看到了肖像畫，賀東先生是這麼介紹你的。」

「人的身分總是能一言帶過，但想要了解這個人，還是得看看性格和談吐。」兩人吹著夜風，沿著綠川行走，「賀興先生一直很想要找機會讓我跟你聊聊，吃頓飯，卻不知道怎麼開口，我就直接幫他開口啦。」

不知道是不是在水圳旁的關係，應該要悶熱的夜晚，帶著絲絲涼意，夜風吹拂著圳堤旁的一排楊柳搖曳，卻又因為夜晚的關係，在對街未熄滅的商家燈光下，美景蒙上一層曖昧朦朧。

「為什麼……」迷迭香看著五月清明的眼、秀麗的五官，「要我們兩個……」

「他一直說相信我看人的眼光。」五月聳聳肩，「我一開始也覺得好荒謬，但在音樂會見你一面後就想說，吃上一頓飯好像也無妨。」

兩人步行到不遠處的夜食堂，迷迭香突然驚覺，「五月小姐！你家的小狗走失了！」剛剛她心思有點無法平靜，就這麼被五月帶離了秉燭居，自然沒有注意到狗狗沒有跟上兩人腳步，情有可原。比較誇張的是連飼主本人林五月都沒有注意到狗狗沒跟上嗎？兩人居然就這樣自顧自地走到了食堂。

「不用擔心不用擔心。」五月漫不經心擺擺手，領著她走進食堂，「他自己會在秉燭居等我們的，也不是太遠的距離。」

迷迭香愣了愣，但也只得跟著走進去。

兩人點了一壺熱飲，各來一碗熱粥，由店員領著她們走入店中深處。

兩人一坐定，五月單刀直入地問，「迷迭香不可能是真名吧，可以請問迷迭香小姐的真名是什麼嗎？」

她錯愕了幾秒，直到店員掀開隔間的布簾，為她們送上熱飲，還回答不出來。

店員離開後，五月毫不掩飾垂下嘴角，「我就老實跟你說吧，第一次聽到賀興對我說出迷迭香小姐的名字時，我心中想著：啊，連女給小姐的真名都不知道，說什麼陷入愛河，實在看不出來大哥是這麼荒唐的人。

「但是賀興不停地強調，自己的哥哥是如何清心寡慾跟內向，主動暗示喜歡你，已經是這輩子做出最大的行動了。」

意外地，迷迭香聽著這些話，心情卻很平靜，像是在聽一個陌生人的故事。她在腦中努力模擬一般其他未婚女性聽到這些話的反應，應該是又羞又惱吧，她猜想。

「剛好又有可以見你一面的機會，也是難能可貴。」五月將手交疊在桌面上，凝視著迷迭香，「那迷迭香小姐呢？又是什麼想法？」

「我能有什麼想法？」迷迭香手捧著溫熱的茶杯，平靜地回答。

「不瞞你說，我當下心中想著是：那位迷迭香小姐不會是看上了李家的資產，才想接近大哥的吧。」五月的笑容未減，咧開嘴，甚至露出了一厘米的牙齦，「但說實話，看到本人後放心不少，你絕對不是我擔心的那種人，我總算放心了，兩份擔心都放下了。」

迷迭香看著她粉紅色的牙齦，心中想著，秀一郎常提醒女給們，女人的笑容絕對不能露出牙齦，她沒多想，就謹記在心，往後講話時，老是想著，嘴不能咧得太開，會露出牙齦。今天總算是看到了露出牙齦的笑容，其實並不會難看，自信中帶著驕傲，或許對客人來說太過具有侵略性吧。

「兩份的擔心？是什麼意思？」她將牙齦的話題踢出腦袋，認真地提問。

「啊，如果你真是為了資產而來，我當然得擔心大哥。同時，我也很擔心你的夢想會失敗，因為大哥將來恐怕不能得到很多的資產。」她的笑容在迷迭香眼裡越來越張狂，「目前看來，你並沒有這個野心，甚至可以說，是大哥比較積極地在接觸你。」

迷迭香猛然皺眉，將杯子放回桌面，覺得她實在是莫名其妙。「你的大哥知道你在私底下這樣說他嗎？」真是個失禮的傢伙，迷迭香的語氣也隨之變差。

五月也跟著停下，她心虛地盯著迷迭香，好像真的不理解自己說出了失禮的話，「我又失言了嗎？」

「如果你覺得說別人家資產之類的閒話不算失言，」她聳聳肩，「那當然沒有失言。」

五月微厚的下唇微微噘起，「為什麼不能說，這又不是祕密，是大家都知道的事情啊。」

「……我和李先生目前只是朋友。」迷迭香深吸一口氣，耐心解釋，「不適當妄論什麼家產之類的話題。」

「抱歉，那就當我沒有提過這件事嘛。」

迷迭香弄不懂她是真的天真爛漫還是單純在裝傻。

熱粥此時端了上來，給兩人的對話帶來一段短暫的休息。

「就我所知，大哥是真的很喜歡你。」五月最後落下這句話，「賀興一直說，就算要拒絕，也希望你不要傷他的心。」

迷迭香抬眼看向坐在桌子對面的五月。為什麼她會說出這種話，她好像也不如表現出來的那般天真浪漫，不然怎麼會說出這種話。

她毫無胃口，放下了湯杓，湯匙撞擊在裝滿熱粥的瓷碗上，發出清脆的扣一聲。

「我現在腦袋好亂。」迷迭香摀住太陽穴，「請原諒我回話沒禮數，我現在腦袋真的好混亂，不知道怎麼辦。」

最近的種種壓力真的快把自己壓垮了。

從五月的角度來看，只見迷迭香緊閉著眼睛，她的眼線是時下向後拉長那種造型，配上紅潤的唇，剛剛因為快走，出了薄汗，讓她的髮絲稍微黏在額間和耳後，今天佩戴了一副圓潤的紅珊瑚耳環，襯得她膚色雪白，就算畫眉的青黛因為一天的奔波勞動，只留下淺淺的彎度，還是不減她的美。

她看起來真的很累，快哭出來的樣子。

「工作上很累嗎？還是朋友？」面對迷迭香，讓一向習慣理直氣壯講話的五月也忍不住放柔聲線。

「不知道，以前都可以處理得很好的，最近卻覺得越來越混亂。」

她忍不住吸吸鼻子，同時覺得自己很唐突，就這樣對著初次見面的五月說出這些不成體統的話，還好五月沒有露出被嚇呆的表情，只是靜靜地凝聽著。

兩人沉默之虞，迷迭香突然開口，「你相信『特別的人』，這樣的說法嗎？」

五月愣了一下，「什麼意思？」

「說真正的愛情是指，在茫茫人海中，愛上了其中一個人。」迷迭香覺得話匣子被打開了，就忍不住通通說出來，「但我總覺得我是先從各方考量條件，選擇出了一個人，才去愛上他。」

五月想了想，小心翼翼回答，「我和賀興先生是傳統的媒妁之言，上一輩人決定的婚約，就像你說的，是先有了這個對象，才去愛上他。但現在相處得很好，覺得以後也會這麼好……我覺得結果好就夠了，為什麼要質疑自己的感情不真誠呢？」

迷迭香還來不及回話，五月就接著語氣嚴肅地說，「原本以為你有一點悲觀傾向，現在看來好像比悲觀再嚴重一點。」

迷迭香愣了一下，傻傻地問，「比悲觀還嚴重，那該用哪個程度的形容詞？」

「這個我得再想想，我的語言天分不太好，得要回去查一下辭典。」五月煞有其事回答。

「但我只想說，如果連你都不相信你的情感了，還有誰會相信呢？討厭誰、喜歡誰，這是可以自己去定義的最簡單的事情，不用對這些情感有罪惡感或是不信任。」

迷迭香壓壓浮痛的太陽穴。

兩人又是一陣沉默，她聽到了夏季涼風吹進室內，牽動風鈴的聲音，空氣間所流淌的，別的隔間客人輕聲交談的對話。氣溫高卻不顯得難受的仲夏之夜。

「謝謝你，跟你講完話後好多了。」

「我真的不知道今天約你出來，話題會朝這個方向進展。」五月摸摸驚魂未定的胸口，「好像該點壺酒來壓壓驚。」

兩人的熱粥都還剩了半碗之多，突然門簾外一陣騷動。

「先生、先生，您要找誰？您不能這樣直闖！」

一隻修長的大手穿過隔間的門簾，一句話都沒有多說直接掀開門簾。

迷迭香和五月都來不及反應，兩人皆愣愣看著滿臉汗的李賀興和李賀東兄弟，出現在門口。看到她們，李賀興似乎鬆了一口氣，下一刻馬上彎下腰，雙手撐住膝蓋，大大喘著粗氣。

李賀東則是錯愕後，一手拍著弟弟的背，一手朝著身後揮揮，「沒事了，沒事了，人有找到就好。」

兩兄弟的身後是滿臉不耐煩的仰，還有一手抓著仰，一手試圖想要攔著李賀東的一名夜食堂店員。

眾人面面相覷之時，「汪！」一隻整潔的小狗，踱步到李賀東腳邊，坐下，歪著頭似乎帶著傻笑看著五月，「汪！」又再叫了一聲。

✻✻✻

李賀興會如此失態大有原因。

原來今日五月早和兩兄弟約好，要來秉燭居確認肖像畫的進度，由仰載著五月早到一步。沒想到在仰離開去停車的瞬間，行動派的五月就這麼領著巧遇的迷迭香離去。

兩方人馬於是錯開。

仰停妥車，回到秉燭居前，只剩下一隻乖巧坐在秉燭居前等人的寵物狗。

他還沒弄清楚狀況，李氏兄弟後一步到達秉燭居，一聽到仰弄丟了自家未婚妻，李賀興連忙土方煉鋼到處尋人，李賀東和仰只得跟在弟弟後面狂奔。

最後還是在寵物狗的指引下，才找到這間夜食堂。

李賀興來不及解釋，直接往店內衝，引得店員一度以為是酒客喝酒鬧事的暴力事件，才提高聲量制止。

人找到了，李賀興只顧抓著五月的手，看她有無受傷。

五月有點尷尬說，「沒事啦……你太大驚小怪了……」

李賀東則忙著向店員道歉，一邊示意眾人離場。

迷迭香有些被這個大陣仗嚇到，木木然跟在嘟著嘴的五月後方出店門，李賀興看來被嚇得不輕，緊緊牽著五月的手，五月似乎覺得這個畫面有點滑稽，反而笑了出來。

迷迭香和李賀東瞬間心意相通，同時覺得站在卿卿我我的賀興五月情侶前有點尷尬，兩人無語飄開視線，各自遠望，等了幾秒，仰才姍姍走出店門，「結好帳了，我們也快回去吧。」

仰表情看起來有點無奈，但倒是沒有多少的緊張，「鬧這一齣，小姐們應該也累了。」

迷迭香聽到這句話，覺得刺耳，又不敢表達抗議。

五人回到秉燭居，五月一踏入門，就問，「我的畫在哪裡呢？」

「快確認吧，看完就馬上送你回家。」李賀興接話。

「就說你太大驚小怪了……」五月嘟囔。

「你倒是好興致。」仰邊這麼調侃著，邊幫她將沉重的畫架整個搬到桌面上。

五月和李賀興並肩走入店中深處。

迷迭香有點侷促不安，正在心中想著要怎麼提出離開的話頭，李賀東卻突然問她，「幫你倒杯熱茶嗎？」

「不用不用。」迷迭香連忙擺擺手，「我也該告退了。」

李賀東做了一個讓她請坐的動作，迷迭香戰戰兢兢地坐下，李賀東左手撐著桌面，右手從胸口口袋中掏出懷錶一看，「等下送五月小姐回家時，再一起送你回家吧。」

「寮舍很近的……」

「這是我們應該做的。」李賀東打斷了她的婉拒。

今日的李賀東，不知道是不是餘悸猶存的關係，講話口氣非常堅定，讓迷迭香不敢反駁，囁嚅地說聲好。

兩人就沉默地維持一坐一站，安靜待在門前待客處的桌椅前。只要從這邊往店內看，就能看到仰維持抓著畫架，使其站立在桌面的背影。還有穿過畫架上緣，五月凝視著畫作的正臉，以及似乎正凝視著林五月的李賀興側臉，兩張一正一側的臉，在燭光下散發著沉靜的專注感。

人的一生，有多少機會，可以遇到自己愛著的人也愛著自己？

五月似乎問了什麼，仰也有回答，但迷迭香沒有聽清楚兩人的對話，因為李賀東剛好也掐在這個時間點，打破了沉默。

「迷迭香小姐，剛剛哭了。」迷迭香轉過頭，才發現李賀東正臉面對著自己，「發生了什麼事情嗎？」

李賀東不諱言，自己其實也沒有大家吹捧的好脾氣，第一時間知道五月不見了，他的心中是擔心和煩躁參半，覺得五月給自己添了麻煩，原本以為自己在找到五月後，會忍不住以年長幾歲的哥哥身分斥責她幾句，但闖進夜食堂包廂的第一眼，看到的不是五月，而是臉上還掛著淚痕的迷迭香。

她坐在位置上，半是迷茫半是疑惑仰視自己的畫面，讓自己的動作不自覺一頓。

女性是善於掩飾的生物。心中很苦悶，在其他人面前卻要裝作優雅活在眾人吹捧之中；或是根本不想真心交往，卻一副長袖善舞的模樣。或許是畫家善於觀察的神經使然，李賀東早早就看清了這種表裡不一。

也不是說想要批評，只是有段時間真的覺得跟女性朋友來往很累，故意拉開了距離，也不想要戀愛，這麼一拖，不知不覺也就這個年紀了。

原本以為自己就會這麼永遠活在只有油彩的世界中，卻撞見了迷迭香。

說到底她跟大部分的女性也一樣，心中藏著千言萬語，但表面上卻總是掛著客氣疏離、挑不出錯的微笑。但自己卻不會覺得猜測她的心思很煩人，反而只是疼惜她滿腹心事，事出反常必有妖，真是沒想到自己也要有這一天。

那天台灣島上的地震，一併讓心中的油彩脫落了幾塊，不然怎麼就這樣喜歡上了呢？

「……只是工作上有點累。」果不其然，迷迭香這樣回答。

李賀東呼出一口氣，有點挫敗，「和五月小姐只是見幾次面的關係，就可以談心事，為什麼對我就不說真話呢？」

今天的李賀東有點異常，迷迭香敏銳地感受到了，好像下了決定似的，講話不顧後果，與之前委婉的試探大相逕庭。

她以沉默掩飾自己的慌亂。

李賀東抬起手，似乎想要碰碰她的頭，最後卻又覺得有些失禮，於是尷尬地收回手，但仍維持一貫平靜卻堅定的表情，「今天先休息吧，反正我們還有明天以及後天。」

迷迭香慌張地不知道怎麼樣回答，正好五月三人朝著自己走來，打斷了他們的對望。

「我們回家吧，時間也晚了。」

李賀興接著伸了一個懶腰，「今天好累。」

「我也累。」仰手上抓著車鑰匙，忍不住補上一句，「託五月小姐的福。」

因為這句話，仰被李賀興一瞪，「不要這麼說，五月下次會注意的。」

反而當事人五月小姐像是沒有聽到仰的諷刺和李賀興的維護一般，不回話。

「知道寮舍的路嗎？」李賀東問迷迭香，態度平靜的像是剛剛兩人氣氛詭異的對話從來沒有發生過。

「當然。」迷迭香鎮定地點點頭，「離這裡很近的。」

❀❀❀

這是迷迭香第二次坐上這部車。

和第一次的沉默氣氛不同，車上幾人顯得隨意許多，五月哼著小曲，李賀東藉著夜色問她，之前提過的秋天在台北會陸陸續續有各式各色的博覽會，不是說要一同前往嗎，他也會事先買好票的。

迷迭香還來不及回答，五月就插嘴說，他和賀興已經預約了一個海洋展館，迷迭香和賀東如果有興趣就託人再買票，大家一起郊遊吧！

「進城和郊遊剛好是兩個相反的詞喔，五月小姐。」仰邊開著車，忍不住插上一句話。

就在這樣奇怪又理所當然的氣氛之下，迷迭香直到在寮舍前下車，都覺得頭腦昏脹脹的。

她感謝他們送自己回家，站在寮舍前目送著車子離去，就在車子行駛出幾公尺之外，李賀東突然回頭看了自己一眼。

天色如此昏暗，他的五官在路的盡頭晦暗不明，但迷迭香卻奇異地感受到，彼此穿過夜色的四目相交。

「我聽人說，李賀東前天送你回家？」幾天後，隆與迷迭香並肩進入山下家時，用一種雲淡風輕，像是順帶一提的語氣提起。

迷迭香默認。

「要把握好分寸。」隆接著說，「不要做那種以為自己精打細算，卻賠上成本的生意。」

「你講話倒是越來越像山下先生了。」迷迭香目不斜視，嘴上卻調侃道。

穿過土間玄關，走過陽光灑落的木造側間，會看到一扇緊閉的拉門，山下先生就在這扇拉門後的書房等著自己。

她一人進入這個半和式半洋式，有著墨與書冊香氣的書房之中。

「隆跟我說，你最近可能會想見我一面。」山下先生隨意靠在椅子上，一手撐著臉，「說吧，有什麼事情。」

「之前違約的錢，還有寮舍的住宿食用費我都已經還清了。」迷迭香聽到自己的聲音，比想像中平靜，「我在想是時候辭掉女給的工作了。」

「喔？女給小姐們可很難再找到其他工作呢……」

迷迭香沉默以對。

「我倒是知道之前有幾位店中的女給，是為了要準備結婚而離職。」山下先生拉長音調，「我們迷迭香不會也是吧，找到好對象了？怎麼都不帶回來讓我看看。」

「不是為了其他人，我是為了自己而離職的……」

山下先生卻像是聽不到她的回答般，突然提起了另一件事——

說在內庄一戶人家剛死了女主人，迷迭香既然都要離職了，要不就嫁過去，但迷迭香又沒家世又沒才華，別人怎麼會要呢？山下先生甚至大方地說，聘金嫁妝都交給自己談，「金子可是不可或缺的，但金子不是重點，重點是之後你就嫁人了，咖啡店也不能做了，想到要與你分離，令人難過。」

迷迭香仍沉默以對，山下先生看她不回應，漸漸有點自討沒趣，「還真是個無趣的人。」他冷哼一聲，收回桌面的手，往後靠在椅背上，呼出一口氣。

「好吧，既然你沒心情，我也就不跟你開玩笑了。」他的手指扣在桌面上，輕輕敲擊，「就講正經的吧，如果要嫁李賀東，叫他來重新跟我談樟腦寮的權利，我可是很有誠意的，要幫他賺大錢。」

明明房間中只有兩個人，迷迭香卻覺得似乎被當眾羞辱了一般，她強硬不認輸地繼續回答，「我說過我不是為了其他人離職的……！」

山下先生嗤之以鼻輕笑一聲，卻又違和地用一種好心勸告且拉長的語氣重複了一遍，「這個年紀嫁人才好，我可是在幫你規劃人生。」

「我還沒有這個打算……」迷迭香說了這句後又後悔自己不夠強硬，補上一句，「我也不可能幫山下先生去談什麼樟腦寮的事情的。」

「你就老實跟李賀東說，想要繼續交往，就來跟我談樟腦寮的事情。」山下先生臉上開始出現絲絲不耐，「他自己就會來找我了，你不用擔心後續發展。」

「山下先生，在您眼中，我們的人生價值一定比您低一階吧。」她皺眉，指出山下的心態。

山下挑眉，呼出一口氣，「我不懂你為什麼要不開心。這件事情你根本沒有損失，在我的幫忙下，你會是人生贏家呢。」

迷迭香覺得現在自己反而什麼都不害怕了。顫抖停止，血液流回末梢，她覺得大腦異常清晰，現在很有勇氣可以將所有憋在心中的話說清楚了。

「山下先生。」像是鼓足勇氣般，迷迭香對山下說：「您以前幫助過我，我感激在心，但因為恩惠而予取予求，很抱歉我現在無法配合了。這是我的人生，我可以自己做出最後的決定。」

「自己的人生？」

「我就先跟您說離職的事情吧，之後是要做什麼工作，要結婚或是要移民我都會自己看著辦的。就不需要您擔心了。」

面對她的恐嚇，山下先生瞇起眼睛。

有一瞬間迷迭香以為他會拿起桌上的檯燈砸過來，結果沒有——砸過來的其實是瓷燒的杯子。

她一個反射動作，往旁邊一閃，喀啦一聲，杯子砸在牆壁上，瞬間破裂，一片尖銳的碎片彈起，迷迭香只感覺到脖子旁一陣痛覺，才驚魂未定地摀著脖子，山下卻站起身，一個箭步向前，等想到要閃躲時，她已經被揪著頭髮，拉下椅墊。身體撞到地板的感覺很痛，縱使鋪著榻榻米，她還是感覺到了脊椎受到撞擊，忍不住放聲尖叫。

山下一個箭步向前，膝蓋壓在她的胸口，將她壓制在地，狠狠搧了幾個巴掌。她手腳亂揮亂踢，打在震怒的山下身上卻像是打在僵硬的牆上一般，一點用處都沒有。她感覺到山下掐住了自己的脖子，在缺氧的同時，迷迭香的心中只有一個想法，再這樣下去，會死。會痛苦地停止呼吸、心臟不再跳動、體溫不再溫熱，孤單寂寞地在冰冷黑暗中腐朽。不行，不能這樣！

一手在地板上亂抓，碰到了一個硬物，在還沒有反應過來它是剛剛被自己撞掉的檯燈前，她就緊抓著握把，用盡力氣往山下先生的後腦勺敲下。

在山下先生倒下的那一刻，書房外的人也因為聽到了迷迭香的尖叫、碰撞的噪音而闖進了書房。

迷迭香感覺全身的力氣都被抽光了，現在連動動手指，痛麻感都刺激著大腦，她接連著感覺到有點暈。在要失去意識前一刻，她聽到了降的高聲叱責，「還愣著幹嘛，快去扶他們，誰去街上叫醫生！」

「天啊，山下先生！」

山下這時已經被扶起，雖然痛苦地扶著頭，但狀況看來還好。隆嘖了一聲，只好先將喪失意識的迷迭香一把抱起，他沉著臉，邁步走向她在山下家的房間。

❀❀❀

她是一名佃農的女兒。

父親嗜賭，先是賣掉了新娘的嫁妝，幾年後，又賣掉了過年的新衣服、再來是家中賴以為生的牛，然後是當年才十歲的大女兒。

她有兩、三年的時間待在一處不見天日的礦坑小工寮。

說是兩、三年的時間，但每天的景色都是一樣的。幽暗窄小的礦坑，超越自己身體負擔的勞動。一開始累到休息只想要睡覺，連飯都吃不下，身上散發著汗酸的味道，臉上永遠沾有煤灰。

張開眼睛，還沒適應陽光就要爬進陰暗的礦坑，一出礦坑已是黑夜，勞累昏睡，醒來又是同樣的一天。

更令人恐懼的是礦坑的監工，心情一不好便對童工們拳打腳踢。

對著他們大罵時，十之八九都是孩子們搞不清楚為何挨罵的狀況。

瘦小的礦坑童工們一個挨著一個，有男有女，掛著灰塵和汗，驚恐且不安的眼神如出一轍，沒有擔心未來的餘裕，只操心下一個挨罵挨打的是自己。

昏天暗地的生活一直持續到碰見了山下先生。

那天是山下先生心血來潮，西裝革履、風塵僕僕地造訪了自己持有股份的小礦坑。她是少數說得上幾句成文國語的小朋友，於是在監工的要求，為山下先生倒上了一杯茶。山下對這杯混濁溫熱的茶沒有興趣，反而注意到她窄窄的臉上大而靈動的眼睛，灰塵下白皙的皮膚，往下打量，是因為過瘦，缺少了女性線條的四肢，他看得出來，她未來會是個美人。

這個初次見面的男人在稱讚了女孩的外表後問她，「要不要離開這裡？」她記得他對自己瞇著眼睛笑的畫面，「我可以給你更好的生活。」

沒有什麼生活會更糟了，於是她點頭。

「喔，對了，我是山下作造。」他對她眨眨眼，「好女孩，你該過上更好的生活。」

這些事情她都沒有忘記。隆沒有說錯，自己是個卑劣、恬不知恥、忘恩負義的混帳，山下先生確實是自己的大恩人，她也非常感謝他、敬愛他。

山下先生舉止紳士、笑容滿面，但與之深交，會發現他是個用盡心機的人，對他來說，沒有任何一個動作不需要理由，交談是為了得到情報、交好是為了獲得信任、幫助是為了成為人情債債主。這一切好像不只是為了生意，她懷疑山下先生根本無法不計算利益地和別人相處。

生活軌跡總會一再複製不願意面對的過去，像是掙脫不出的詛咒。

從礦坑出來那一天，她就搬進了山下家的宅院。因為登記了身分，冠上山下的姓氏，她一直將山下先生視作養父。

也是在同時認識隆，隆跟她說，山下先生正在規畫一間台中街上的咖啡廳，他則是咖啡廳的主要經理者。

她似懂非懂的，直到某一天，驚覺山下先生會習慣性讓身邊聚集這種被逼到絕境的人類，這樣的人有一種好處，他們總會忠心耿耿且懷抱敬意地服侍著拯救者。

一些客人會到山下的宅邸談些生意上的正事，山下總會把自己叫出來，招呼端酒，她有點害怕這個工作，瀰漫著菸草味的室內、喝了酒的男人們、總是意有所指讓人聽得不舒服的稱讚。

她不敢違抗山下，只和隆講了這件事情。

隆當時還安慰自己說，山下正在規畫開咖啡店，說不定之後需要自己去幫忙管理。

是這樣嗎？她也不知道當時為什麼這麼傻，就被這個敷衍的安慰唬住了。

直到有天，山下很高興地說簽了大單，要她從酒庫拿好幾瓶昂貴的洋酒，卻沒倒給客人，反而逼著自己喝了好幾杯。

她一喝就暈，最後先被幫傭扶到了房間休息。

然後等到了一個陌生的男人。

❀❀❀

她逃出後，跌跌撞撞跑到了山下的書房。

很害怕很恐懼，全身都發軟，但她說出了這一輩子最勇敢的話，「你如果再……我就去報警。」

她說不出來完整的話，太難以啟齒了。但山下聽懂了她的意思，馬上揚揚眉。

台灣島上的性交易是受管制的，如果非經登記私下有性交易，是警察得介入的刑事事件。

「報警？」山下重複了一次，臉上是惡劣的不以為然，「你就不要臉面嗎？」

「你都不要臉面了，我要什麼臉面。」她上一句話還有點結結巴巴，這句話通順了許多。

山下冷下臉，「養你這麼些年，白養的嗎？」

「我真的會去報警。」她太害怕了，只能重複一次自己的恐嚇。

「我把你從礦山接出來，還付了一筆繳給礦坑的違約金。你都忘記自己之前在土堆中餓著肚子的日子了嗎？」

她歇斯底里叫著，「那就把我送回去！」

山下當然不會把她送回礦坑，轉頭把她丟給了隆，將她領到剛開幕的綻放做事。

她得到一個相襯綻放的新名字：迷迭香。

期望越大，失落也越大，她驚覺自己在山下心中不過是升級版的高級妓女，年輕美麗，待價而沽。

當初有多單純地敬愛他，現在的心情就越是複雜，好難過、好傷心、好委屈、好脆弱，連您也要這樣子對我嗎？

那段時間真的是很憂鬱，覺得居然連最後的生存信念都是虛假的，突然開始質疑所有事情的一段日子。

但被山下先生毆打的那一刻，迷迭香突然想開了。

老實說，山下先生的暴力行為讓她心上的一大負擔消失了。她不想要再抱著這種負擔繼續呼吸，就算讓隆鄙視她也無所謂了。讓山下先生當出氣的沙包，也算是償還了當初欠他的恩情吧，那今天的幾巴掌，就算是利息吧。她再也不會做任何如山下先生意的事情。

既然都撕破臉了，就不需要帶著虛假的笑意面具對視了，這就是最真實的我們——暴戾、衝動、自私自利、恬不知恥、張牙舞爪的野獸。

✻✻✻

她在夜半時分驚醒。全身都很痛，且疲累。

掙扎爬起身，她才看到黑暗中，隆坐在自己的床褥旁，低頭閉著眼，平穩的呼吸聲讓迷迭香斷定他正處於睡眠狀態。

山下已對自己失去了耐心，迷迭香知道這裡已經不能再待，強忍著無處不在的疼痛，奮力坐起身，攏攏外套，原本想在神不知鬼不覺間偷溜出門，但當她踏出步伐那一刻，隆卻睜開了眼睛。

迷迭香心中暗暗尖叫功虧一簣，卻強忍著慌張，擺出冷酷的面容。

「你要離開了嗎？」隆雙手維持抱胸的姿勢，平靜地問。

「對，我要走到一個山下先生抓不到的地方。」迷迭香轉過頭回應，聲音雖小，態度卻坦然，「你要阻止我嗎？」她挑釁地反問。

原以為一定要和隆來一場世紀大對決，沒想到對方暗忖了幾秒，居然搖搖頭，「我會裝作還在睡，你大可以一走了之。」

隆居然會放自己一條生路，第一秒迷迭香還以為自己聽錯了，「喔，是嗎？這……可真是新聞。」她想要反諷幾句，話到口中卻變得結結巴巴。

她可以感覺到他們隔著安靜的黑暗互相凝視著，「……並不是同意你的作為，只是覺得你繼續留下，山下先生早晚會變成殺人犯。」

迷迭香誇張地失聲一笑，「照你的邏輯，如果我被山下先生殺掉，山下先生將會成為最大的受害者？」

隆並沒有回答這個尖銳的提問，只是換了一個坐姿。迷迭香被他突如其來的動作驚嚇，退了一步，一手迅速攀上門扉，讓自己隨時準備下一秒奪門而出。

在靜謐的、無一盞燈光的夜晚，隆看著在自己面前，全身是傷，還不忘提高警覺，齜牙咧嘴的迷迭香，頓時覺得這個認識多年的女人，對自己來說只是個陌生人，他並不理解她龐大卻空虛的自尊心。

「對你也沒有損失不是嗎？」他並沒有要說服她的意思，隆知道迷迭香是個固執的人，聽不下自己的想法的。現在的提問，是隆確實不能理解的，「感情是很虛幻的，就算現在李賀東對你再有情有意，總有一天也會厭煩的，你想想鈴蘭的遭遇。靠著山下先生的勢力，得到婚姻的保障會是你的最佳選擇。」

「……隆。」迷迭香疑惑地看著他，「你不會覺得……只是有時候這樣想，覺得自己的人生再怎麼卑微、再怎麼不堪，如果是真的掌握在自己手中，也是一件幸福的事嗎？」

「山下先生對我有恩。」隆平淡回應，「我的人生從那時開始就是他的了。」

迷迭香對他虛弱一笑，「但我可不這麼想。」

「但山下先生拉拔你成長。」

迷迭香只能保持沉默。

隆扭過頭，不再注視著迷迭香，將目光放遠，盯著漆黑的窗外，「你自己好自為之吧。」

當迷迭香要拉開門時，他再度開口說，「你以為李賀東會是最好的歸屬嗎？戀情的美好是不會持久的，你將來可不要後悔。」

迷迭香在心中冷笑了一聲，「我是為了自己而離開，而不是為了李先生而離開。」她搖搖頭，冷酷地盯著隆的側臉，「不懂得為自己而活的你，就是無法理解。」

拋下了一句「我再也不是迷迭香了」後，她踏出了房門。

❀❀❀

步出山下家，她也不知道何去何從，一拐一拐地步行於微弱的月光下，還好遇見了市場批發的送貨車。把送貨車司機攔了後，她隨便扯了一個自己騎自轉車摔車的謊，要拜託司機送自己去市區。

司機好心將她撿上車，還憂心忡忡地問要送哪個病院比較好。她只是含糊地說送自己到綠川町就行了。貨車再度發動的幾分鐘後，又是一聲驚呼，貨車司機連忙問怎麼了。

「我的傘忘了拿。」她哭喪著臉回答。

洋傘可不是什麼便宜的物品，平均價格落在五元上下，那把淺色雕花的傘是開始工作後，送給自己的第一份禮物，她非常的喜歡，沒想到急著離開，居然丟在山下家了。

「跟自轉車丟在一起吧。」因為騙司機是騎自轉車摔車，司機並不是很在意，「明天小姐再和家人去派出所領吧，會有人牽過去的，不用擔心。」

縱使山下先生家真的在失物招領，她恐怕也沒有膽去領。她安慰自己，那把心愛的洋傘就當作折舊吧，是脫離舊生活所要繳納的稅金。

好心的司機將自己在火車站附近放下，離開後，她來回走動，思考下一步行動，沒辦法下定決心，只能先去綻放寮，收拾自己的行李。

天色漸漸轉亮，她只覺得全身越來越重，不知道是因為一晚沒休息還是因為渾身的傷。從昨天到現在，她還沒照過鏡子，卻知道自己臉上掛著可怕的瘀血挫傷，因為一牽動到臉部肌肉就痛，她只能盡量低著頭，還好早起的人不多，街道還算空蕩，她搖搖晃晃走著，沒有撞到任何人。

好不容易走到了熟悉的街道，眼看再一百公尺便是綻放寮，「那位小姐？」卻突然有人喊住了自己。

她不抬頭看還好，一抬眼，發現兩名警察朝自己走來。

她當場嚇得魂都要飛了，不誇張。

「為什麼傷成這樣？」兩個警察一前一後圍住了自己，一名還打開了手上的小冊子，皺起了眉，粗聲粗氣地問，「哪裡人？名字和職業是什麼？」

「我就住在這裡……」她手足無措，老實回答，「我是綻放的女給。」

「女給？」另一名警察拉高音調，「身上的傷是被客人打的嗎？」

她驚恐地撇了一眼警察亮黑色制服上的佩刀，又低下了頭，「不是，我是自己騎自轉車摔傷的。」

「這不是摔傷的傷吧？」

「你，沒有做任何的不法行為嗎？」警察瞇起眼睛，「正常工作的女給小姐身上不應該出現這樣的傷喔。」

她脹紅了臉，覺得頭更暈了，卻還是極力為自己辯駁，「這真的只是摔傷。」

警察明顯不相信，露出了鄙夷的表情，刷刷刷地在小本子上草草寫著，「誰的自轉車？有證人嗎？如果沒有，我們只有請你到派出所一趟了。」

「為什麼？」她不敢相信警察的態度，憤怒的情緒壓過了恐懼，「我只是摔了一跤，犯了什麼法？」

「你再大聲一點就會犯妨礙公務了。」警察收起簿子，冷冷地說。另一名則露出了挑釁的表情，刻意地說，「況且你確定自己真的沒有觸犯咖啡店取締規則嗎？」

乾脆撲上去扯他們的頭髮算了，正當負氣這麼想著的同時，迷迭香看到了一線生機，是對街的秉燭居，李賀東正打開店門，因被門外的吵鬧聲吸引，探出了一顆頭。

「李先生可以作證！」她不分青紅皂白嚷嚷，「我弄壞的便是李先生的自轉車！」

兩名警察同時轉過頭，李賀東一手抓著門把，居家服外還罩著外套，雖搞不清狀況，卻鎮定地點點頭，「迷迭香小姐說的都是事實。」

警察看來認識李賀東，一臉不相信，卻撇撇嘴，收起了簿子，不再追問，「李先生，要對年輕小姐紳士一點，漂亮的臉蛋，傷成這樣就不好看了。」

他們是不是誤認為自己的傷是李賀東弄的。她目瞪口呆地目送兩位離去，心中對警察的憤怒與恐懼有增無減。

警察前腳才離開，李賀東後腳馬上向前一步，扶住她，「迷迭香小姐怎麼傷成這樣？」他擔憂地問，聲音不自然地壓了八度低。

她傻笑抓抓頭，但一笑牽動嘴角就痛，「我被辭退了，正要去住所收東西。」

李賀東暗忖一番，「先收東西吧，綻放不能再待了。」他的態度很少這麼堅決，今天卻一反往常，壓低聲音，伸手扶住了她，不使用任何的問句，只講著肯定句，「收拾後也不要跑遠，迷迭香小姐先到秉燭居休息一下吧，你的體溫很高，現在應該很不舒服才對。」

在李賀東的陪伴下，她踏入了還沉浸在安穩睡眠的寮舍，整理了自己少數的行李。在離開前，還不忘看了空蕩蕩的房間一眼。疑惑以前自己和薰衣草在房間裡翻騰時，怎麼從來不覺得房間這麼大。

李賀東將她的行囊搬到五百公尺外的秉燭居，便催促著她快先去休息。

她覺得自己的腦袋完全無法運作，確實需要休息，拖著沉重的身體，走到了小閣樓處，在意識到自己睡在單身男人的房間似乎不太好以前，就先沉沉陷入了睡眠。

李賀東踏上樓梯幾階，往上看一眼，確定了迷迭香乖乖躺在被褥上，她甚至來不及拉下旁邊窗戶的遮陽窗簾便陷入了沉睡，在清晨的陽光下，蒼白的皮膚幾乎要和被褥融為一體，一張清瘦的臉，受傷集中在右半邊臉，右眼下有帶黃紫的瘀青，嘴角上則是一道撕裂傷。左側臉，有一條自耳下延伸到後頸的傷口。傷口看起來其實不深，卻因沒有包紮而顯目。頭髮低低紮在右後方，這樣的傷口，沒有任何的遮蔽，在白皙的肌膚上顯得異常醜陋，張牙舞爪地，像一隻含著劇毒的蟲，匍匐在她的後頸。

李賀東一言不發，為了怕吵醒她，輕手輕腳下了樓梯。

❀❀❀

昏昏沉沉之間，她做了一個夢。夢見自己行走在一條偌大空盪的街道，不停地向前行，在街口撞見了一名女性。

女人撐著洋傘，像是在等待著自己，自己一走近，便轉過身，面對著自己，她身著淺藍色的條紋洋裝，有著濃密的秀髮，眼角看似上揚的粗眼線，還有鮮紅欲滴的嘴唇，對自己扭出一個熟悉的笑容。

她很難說明現在的心情，好像長久孤懸的心終於找到了立足之地，又有將要面對新環境的不安與抗拒，她往前走一步，雖然沒有低頭，卻知道自己手中握著一把生鏽的剪刀。

看著美麗的女人，她覺得自己像隻漆黑醜陋的水蛭，依附著宿主維生，為了離開現任宿主，而尋找下一任的受害者。

她站在原地忍不住哭了起來。女人收起傘，丟在一旁，踩著高跟鞋走向前。

直到兩個人面對面，鼻尖幾乎要碰在一起，她緊緊握著剪刀，感覺到女人的氣息掃過自己的耳垂，感覺到她下巴的重量悄悄地靠在自己的肩膀上，止不住眼淚從眼眶裡滑落，她握緊手中的剪刀，用力插進女人的腹腔。

衣服、皮膚和肌肉被劃開，尖銳的刀刃直接刺進柔軟的內臟。她費力拔出剪刀後，炙熱的液體噴了出來，弄濕了自己的手和衣服。女人抓著自己的手掌越來越無力，依靠在自己身上的重量卻越來越重。

她醒來的那一刻，發現自己正在哭。

正當她抹抹臉，想要坐起身時，卻因為聽見了樓下的交談聲，而停止動作。

「怎麼這麼突然，要什麼時候跟五月提起？」

「現在。」這個聲音是李賀東的，她應當不會認錯，卻因為對方的口氣而感到遲疑，李先生的心情看來不太好。

「怎麼可能，太突然了吧。」和李賀東對話的人，她猜想是李賀興。

「她全身都是傷，不能回那裡。」

「但哥有問過她嗎？說不定迷迭香小姐另有打算。」

「我是說，如果她沒有回家的打算，才拜託五月。」

「不要擺出那種臉嘛，我會幫你跟五月說的，今天就去可以嗎？總之，哥也不要逃避，今天就去好好地問清楚吧。」

她聽到關開門的聲音，應當是李賀興離開了。迷迭香瞪著低矮的天花板，聽著李賀東踏上樓梯的腳步聲。

「迷迭香小姐，你醒了嗎？」李賀東沒有完全走上閣樓，而是停留在樓梯處，小聲地發問，「請問你有胃口嗎？」

他在樓梯處等待了一下，並沒人回答，李賀東原本以為她還沒有醒，正打算離開，卻傳了虛弱的一聲，「我好餓，還聞到了番薯湯的味道，好香。」

「我幫迷迭香小姐盛一碗。」李賀東一聽到她回答，馬上轉身幫她跑腿。

她坐在床上，心中疑惑著，到底會有誰不喜歡李賀東。這麼完美的一個人，會只因為是私生子，而迷上自己嗎？這個理由恐怕有點薄弱。

李賀東爬上閣樓後，將番薯湯遞給了她，然後自己在床褥旁坐下。她說了謝謝後，奇怪地看著他的反應。

「我想要，和你……」李賀東結結巴巴地問，「提出結婚的請求。」

迷迭香一口番薯吞也不是，吐也不是。好不容易吞下後，才露出一個意味深長的微笑，「我還以為李先生會先問我的名字。」

「啊，這也是要問的。」其實自己應該先問這個問題的，只不過太慌張，所以忘記了。

李賀東脹紅了臉，佯裝鎮定乾咳了一聲，「畢竟之後也不能再叫迷迭香小姐了。」

「我叫咲。」咲說出自己的本名時，露出了落寞的表情，「在李先生求婚之前，我有事情要先跟李先生說。」

她篤信人世間沒有永遠的祕密，有的只是藏不住的往事。於是，也沒有打算要隱瞞之前的事，要是不告知李賀東自己的過往就莽撞答應，咲會承受不住良心譴責的。

她什麼都跟他說了：從一開始被父母販賣的小孩、礦坑的工作、自以為遇到恩人飛上枝頭的生活、綻放的工作、山下先生覬覦的樟腦寮權利，甚至是那一把遺失的洋傘，全都一五一十說了出來。李賀東一直沉默地聽著，沒有講任何的話。只有在故事的最後，問了她，「所以咲小姐的傷，是山下先生打的？」

咲點點頭。為了要表達自己也不全然是弱者，她補上了一句，「我好像也打破了山下先生的頭。」

李賀東側頭，像是在思忖著什麼。咲已有心理準備，露出了笑容，「真的很謝謝李先生的照顧，但剛剛李先生的求婚，還是得再考慮一下吧。」

「啊，不。」李賀東擺擺手，「我並不是這個意思。我只是在思考，山下先生會不會因為傷害罪，鬧上派出所。」

她一陣感動鼻酸，卻佯裝鎮定，「應該是不會。」咲誠實地搖搖頭，「山下先生是好面子的人，他不會承認控制不了我的。」

「咲小姐是很勇敢的人。」李賀東聽完舒心一笑，忍不住又提醒一聲，「可恥的是傷害你的人，這件事我之前就與你提過了。」

聽他這麼誠懇地說，咲看著他認真的表情，終於忍不下去，眼眶一紅，「我覺得我現在跟李先生在一起，對你很不公平。」她聽到自己的聲音帶著些微沙啞和顫抖，「李先生這麼真誠對待我，我卻好像只是想要逃離現況，才利用李先生一般。」

「我也想要逃離現況，我知道那種渴望，如果可以幫助到咲小姐，是我的榮幸。」李賀東終於鼓起勇氣，伸手碰觸了她紅腫的右半臉。「我知道我不了解你，一直想要去好好地了解，又害怕碰觸你不想要提起的往事。」

「這畢竟不是什麼值得一提的事。」她扯扯嘴角，試圖想要笑，卻因為拉扯到嘴邊傷口，一陣吃痛。

李賀東突然轉移了話題，開始談起自己十歲以前是和母親一起生活，直到十歲以後母親去世，才被接回李家。李家元配非常厭惡自己，但他跟弟弟的感情不錯。李賀東表示並不責怪大媽討厭自己，要喜歡另一個女人生下的孩子太難了，一開始為了想證明自己，很想要做出一番事業，卻連美術學校都考不上，那時候真的很低落，覺得自己什麼都不行。

迷迭香聽著他低沉平穩如酒般香醇的敘事聲音，覺得有點心疼。

真奇怪，以往在綻放工作時，聽著酒客抱怨生活的種種艱辛，她都可以當聽故事般不放在心上，回以業務上的應付安慰，但只要一想要李賀東當時的低落，她連安慰都不知道從何開口，就只是心疼。

直到回台灣，覺得開裱畫店的生活也不錯，李賀東輕描淡寫下了結論，「不願被提及的過去再埋怨也不會消失，但終有一天，它不再是傷口，而成為我們成長的養分。」

她的臉，曾敷上厚厚脂粉的臉、曾虛偽對他展開笑臉的臉、曾被山下先生狠狠搧過的臉，現在輕輕地被李賀東撫摸著。李賀東的手掌有點粗糙，指節明顯，他很小心，雖然是碰著瘀青的地方，卻沒讓她感覺到痛。他的另一手牽起了她的手，「但還是要學會保護自己。你看，漂亮的指甲都斷了。」

「我很狡猾，一直沒有勇氣告訴你事實，也不敢果斷拒絕你。」咲懺悔著自己機關算盡的生活態度。

李賀東搖搖頭，表示不介意。「我的心意還是沒有改變，只怕太過積極嚇到你。」他還想跟她說：我不會再讓你受傷，也不會讓你痛。但在看到她的表情後，收起了聲音。

他們兩個原本一直站在原地，遙遠地觀望彼此，終於在這天，打開天窗說出了心裡話。剛剛已經紅了一圈的眼眶，終於掉下眼淚，就像是久旱的沙漠，終於迎來一滴雨水，她壓抑著自己的嗚咽聲，在李賀東擁抱住她後，也緊緊回抱，低聲啜泣，嗅到了鹹鹹苦苦的淚水味，還有李賀東身上散發出的，乾淨的肥皂味。

IX

躲在秉燭居也不是辦法，李賀東說，應該得準備短暫地搬到五月家避難。

一直懶洋洋的也不行，迷迷糊糊中又睡了幾個小時後，咲強忍著渾身的痠痛，從床上爬起。走下樓梯後，映入眼簾的是一扇半掩的隔間房門，還有李賀東的背影。

咲從門縫中探探頭，看到他坐在畫架前，畫架上一幅男女全身像，穿著西式婚紗，站在高掛起的華麗中式鮮紅繡金鳳裝前，而李賀東正拿著沒沾上顏料的乾筆，刷著新娘垂至手肘間的頭紗。

他從畫布後的鏡子看到了她，連忙停下筆，回過頭，「你剛剛有睡著嗎？」

咲才推開門，看了掛在牆上的時鐘一眼，「有，整整兩小時都有睡著。」她扶著門，歪頭看那幅畫，「這是，新人嗎？」

「他們是去年結婚的。今年結婚周年，先生想送夫人禮物，才委託我畫上一幅他們的肖像。」李賀東拿起桌邊的一張照片，遞給咲，「但客人們沒空露面，只給了我照片當參考。」

咲接過這張黑白照片，這才注意到，不遠處的桌子上披掛著紅色的鳳袍、男性的日間禮服和禮帽，還有新娘的白頭紗，應該是為了要觀察細節用的吧。

李賀東在咲低頭看照片時，又舉起手中的畫筆，刷了兩下女性的頭紗。

「打擾李先生工作了。」咲想到仰對自己的不滿，有點尷尬地將照片放回桌上。

「不要緊的，已經完成得差不多了，我剛剛只是試著想讓色彩的筆觸不要這麼明顯，這樣才有透明的薄紗質感。」李賀東這次真的放下了筆，還站起身，他將亂披在另一張椅子上的衣服掛上衣架，把椅子推到雜亂的桌子前，「先坐吧。」
「謝謝。」迷迭香扶著椅子坐下，「說起來，好像是第二次看到李先生作畫，上次沒看到完成品呢。」
「上次嗎？」李賀東喔了一聲，「是始政博覽日吧，那幅還在畫室呢，我找給你。」
「咦？還沒交貨嗎？」
「最近才要交貨呢。」李賀東走到窗邊，蹲下身，開始翻找靠在牆上的木板，「得要一個月左右，油料才會乾，我是習慣畫作全乾了才交貨的。」他真扛出了那次的畫作，擺到咲的眼前。
光線灑落的純白台中州廳，在蔭藍的天空下閃耀，州廳前的圓環充滿生氣勃勃的人群，道路四周還綴有嫩綠的行道樹，咲甚至看出了畫中的空氣因為酷熱而顫動的歡騰感。
「很完美呢。」她真心地讚嘆。
李賀東聽她這樣一講，反而愣了一下，放下了畫，露出一個勉強的笑容。
咲突然很好奇沒有受到美術專科訓練這件事情，到底對李賀東造成了什麼影響呢？她很好奇，一切都想要知道。
但這種事急不來，咲壓下自己的焦急，「收到一幅畫家飽含心意及祝福的創作，一定會很感謝的。」
「謝謝你。」李賀東收好畫，站起身後由衷地道謝，「那時候看到五月的肖像時，咲小姐也曾經這樣鼓勵我。」

「這可不是場面話，我是真心的。」咲抓起剛放下的照片，揚揚那張照片，「就算這幅畫是依循照片畫的，也不會只是彩色版的照片，而是承載了畫家的祝福和心意的作品。」

「我應該早點認識咲小姐的。」李賀東抱胸，微靠在畫架旁，露出一個微笑後和氣地問了咲要不要吃點東西。她想了想，點點頭。

簡單弄了一點食物後，李賀東甚至還為她買了一盒自己從來不吃的牛奶糖，因為畫室太過凌亂，他們轉移到了秉燭居的店門角處，李賀東在她對面坐下時，不忘向她提起，「咲小姐沒有錢付聘金吧，我在想聘金我來付，給親友看到就行了。」咲錯愕，一雙筷子舉起也不是，放下也不是，懸在半空中，他又繼續說著，「雖聽咲小姐講，已經很久沒有回老家了，但我覺得嫁娶是大事，應當提親，拜訪一趟才對。」

雖然昨天已和李賀東互相袒露心聲，但話題突然跳到婚姻，還是帶給咲心中不小不真實的衝擊感。

「但、但是他們應該也不想看到我吧？」她結結巴巴，好不容易找回自己的聲音。

「就算人家不歡迎也得去，嫁娶父母不知道，之後會變成自己的遺憾的。」李賀東最後做了個總結，「我們之後約個時間，互相的父母都得拜見。」

咲侷促地放下碗筷，「其實我也小有存款，嫁妝讓我自己付吧。」

李賀東想了想，點點頭，「都可以，不過是做個形式。」他理所當然地說，「有大媽在，我的婚事父親也不想插手的，一切我負責應該沒問題。」

咲實在很想詢問他們家的現況，但又不好開口，總覺得開了口問李賀東，好像在嫌棄別人是私生子似的。開什麼玩笑，自己有什麼資格去嫌棄他，這種誤會，在產生前就必須被扼殺在搖籃裡。

或許因為咲的表情有點嚴肅，李賀東以為她在擔心聘金的事，不由得考慮一下該如何讓咲別再想這件事。他撐著臉，不小心看到她放在桌上的左手，還有左手腕內的燙傷，李賀東有東西亂放的習慣，隨手在旁邊拿起畫筆，畫上她的疤痕。

他原本是想要畫上一朵花，但手邊的筆卻是沾著綠顏料，李賀東只有改畫上一片嫩綠的葉子。

咲安靜地看著他下筆時的筆尖。還有因為低頭垂落到額前的碎髮。

放下畫筆時，李賀東連帶呼出一口氣，「我以後不會再讓你受這樣的傷了。」

「謝謝你。」

「已經謝過很多次了，現在可以改說：『我相信你』了。」

咲覺得這麼真摯的調情有點讓人難以招架，不想要回答，只是灰溜溜地跑去洗手。沒想到油料洗不掉，用手搓也只是讓顏料糊掉，無法洗去，「哎，這洗不掉啊。」

李賀東解釋，「之前有跟你說這是油溶性的，水洗不掉。」

咲沒聽懂油溶性，只以為洗不掉，還狠狠拍上了李賀東手臂一下，李賀東才知道她誤會了，無辜遞上一塊肥皂，「聽人說完話。用皂就可以洗掉了。」

李賀東和她說明五月今天會來接自己後，坐回了畫架前工作。咲在秉燭居晃了兩圈才回到閣樓，整理今天躺過的被褥。

不知道五月什麼時候會抵達，老實說拜託五月她有點不好意思，但不能回寮舍、明美家也有一堆孩子，不好去叨擾，而她也沒有勇氣回家，五月看來是最後也是唯一的選擇了。

她聽到了上樓的腳步聲，原本以為是李賀東，轉過頭，發現是仰。

仰拿下帽子，對她點點頭，「身體還好嗎？咲小姐。」

看來李賀東已經跟他說過自己的名字了，咲點點頭，「好多了，謝謝關心。」

「剛剛東先生吩咐我，今天得回去跟李先生提婚禮的事。」仰講到這裡，停頓了一下，又說，「我還要找訂做婚禮衣服的店家，因為時間有點趕，找本島的裁縫店，不知道咲小姐介不介意。」

她有什麼好介意的？自己難道配得上東京的訂製服嗎？咲說著沒有問題的同時，後知後覺地感受到仰口氣中的不以為然和調侃。

但也沒力氣發火了，她就假裝聽不懂吧。

※※※

經過了一番車程，咲被專車顛簸送至五月家。

看得出五月原想要保持鎮定，但事實上看到自己的傷，還是露出了錯愕的表情，雖然只是稍縱即逝，又回到平常那樣客氣微笑的好人家女兒表情。

「房間已經幫你安排好了，你可以馬上休息了。」五月領著她往房內走。

「我昨天睡得很久。」咲想要活絡氣氛，故意這麼說，「現在精神好得不得了。」

「有精神也是好事，晚上還可以一起拜拜。」

咲愣了愣，滿臉狐疑地問，「拜什麼？」自己真的是過到今天幾日都不知道了，自然不知道今天是什麼節日。

「今天舊曆七月初七啊。」五月疑惑地問，「你是拜基督的？」

咲誠實地搖搖頭，「只是過到不知道日子。」

「真的糊塗過日子，今天新曆是八月十五。」五月搖搖頭，拍拍她的肩膀，「好在我提醒你，不然七星娘媽就生氣了。」

咲尷尬笑了幾聲，「我好像滿常惹神明們生氣的。」

「過好自己的日子，神明就會保佑。」五月摸著狗，漫不經心地回應，「也不用太擔心祂們不眷顧。」

看著她走在自己半步之前的單薄背影，咲突然覺得她有一種另類的帥氣，想與之結交的吸引力，也無怪李賀興這麼疼愛這位未婚妻。

不令人意外地，林家人並不是很歡迎這位遠道而來的客人，但礙於五月，只得草草招呼著她。咲默不作聲看著五月和家人及幫傭的相處，心中感嘆著，這就是權力在手的感覺啊，光看著就讓人羨慕。

晚祀七星娘媽，結束時間將近凌晨時分，靜謐的天空開始飄下細雨。

白日還口口聲聲說自己有精神，此刻的咲卻體力不支，無聲爬上床。

「會太熱的話，扇就在床頭。」她和衣躺下時，五月的聲音從隔間中傳來。

「嗯，我知道了，謝謝。」咲誠懇地道謝。各種意義上都謝謝你了。

五月那邊陷入了有點奇異的沉默，然後才結結巴巴地回答，「……我這邊，也要謝謝你。」

❀❀❀

第一天相互試探的尷尬過後，兩人突然像是打開心房般，什麼話都能說。

五月和咲說，自己家和李賀東、李賀興家是長輩們互相認識的關係，但很奇怪的是，在自己的記憶中，童年時看著李賀東和李賀興，兄弟兩人同進同出，兩人的教養都很好，說起話來輕聲細語，舉手投足也沒有什麼差別，自己卻只親近李賀興。

因為大人所塑造出來的感覺，讓年幼懵懂的五月知道，只能和李賀興玩，和李賀東不是同路人。

她一直天真地認為，相較於李賀東，自己和李賀興感情好，是因為和李賀興年齡比較相近，才談得上話。

直到和李賀興訂婚前一刻，才後知後覺理解到李賀東根本是非婚生子女，只是被李家父親領回家的私生子。

五月這才恍然大悟，父母一切的暗示、李家伯父伯母的態度、和李賀東自己本人的迴避都有了解釋。

五月並不是個鑽牛角尖的人，她本來就跟李賀興青梅竹馬相處得好，所以對婚約沒意見，既然李賀東是私生子，那繼承權和未來公婆的栽培關注多在未婚夫身上也合理，這一切，她都享有得理所當然。只不過，有時候，在很偶爾的時候，看到低調低到土裡的李賀東，會覺得有點愧疚心疼。

她和她的未婚夫，李賀興，在面對李賀東的態度上是一致的。

理所當然間帶著一絲絲的愧疚。

在兩人訂婚，李賀興開始接手打理一些家中的產業後，不只一次和未婚妻五月提到，他迫切地希望哥哥幸福，李賀東要活得幸福，他才能心安理得享有自己本來就該擁有的東西。

幾個月前，當李賀興開心地和未婚妻分享「迷迭香」這個人時，五月心中覺得不安，一直擔心「迷迭香」是個心懷不軌別有用心的壞女人。

如果是個壞女人該怎麼辦啊？李家父母不管事、李賀興也一派樂觀的，自己又何來立場去阻止李賀東的愛情。

還好，和咲相處後，理解自己並不用去做拆散戀人的壞人，五月心中一顆大石頭才落地。

咲聽了，覺得有點可笑，也覺得有點可悲。

自己心中高不可攀的李賀東，是別人覺得低賤到土裡的私生子嗎？聽到五月這麼描述，她覺得有些不舒服，但也知道，五月是快人快語，才願意跟自己說出心裡話。

咲也不想去檢討五月對李賀東的態度，故意輕鬆說著，「那如果我是壞女人呢？」她開玩笑地追問，「如果我是壞女人，你要怎麼樣解決我？」

「還沒想到嘛。」五月攤攤手，「就是因為不擅長，我才這麼苦惱。如果我對拆散戀人有經驗，像是王母娘娘，就不需要這麼苦惱了。」她做了一個俏皮的投擲手勢，「一根金簪就解決了牛郎跟織女，難道你比織女難纏不成。」

五月突然其來蹦出一句王母娘娘讓咲笑了出來。

但逗人笑的五月卻突然正色，「我是說真的，為了我們，你們要快樂地活著。」

咲調侃她，「你的面子這麼大，別人得要為了你活著？」

「那就當我講錯話，反正我很常講錯話，不要介意。」五月說，「要為了你自己，試著舒服一點地活著。」

※※※

九月初，李氏兄弟來訪，要來談婚事細節和將來計畫。

兩人一同出來見客，咲因為早五月十分鐘走出房間，只好在庭院稍待片刻，發呆了幾秒鐘，她不得不注意到，有幾個於林家幫傭的中年婦女，站在陰暗處指著自己，正在竊竊私語，雖隔有一段距離，她們臉上的表情，咲並不陌生，是不以為然的撇嘴和睨眼。

她並沒有生氣或是難堪的情緒，只是站在原地，平靜地回望著她們，直到五月出現，她們才低著頭鳥獸散。

咲沒多說什麼，只跟五月漫步來到客廳。

「咲小姐有聯絡家裡了嗎？」李賀東等咲一坐下，連忙問。

「有，前天有把信件寄出。」咲點點頭，「和他們說了會去拜訪。」

「真難想像真要結婚了。」李賀興倒是放鬆地像是自己家，靠著椅背，手上還拿有一杯溫茶，心情複雜地看著兩人，「這可是好事，但總覺得家中有小孩就要獨立的感覺，心中很是不捨。」

李賀東不多加理會，只給了弟弟一個無力的斥責眼神。

「提親好有趣呦。」五月摩拳擦掌表示興趣盎然，「我可以去嗎?佯裝是媒婆。」

李賀興前一秒還一副看戲模樣，聽五月這樣講，難得皺起眉，「算了，你別添亂。」

「我覺得很緊張。」咲實話實說，「你去了我只會更緊張。」

「等你傷好了，我們就去拜訪。」李賀東做結論，「總是要做的，就趕緊完成。」

咲覺得這麼正經八百地討論著婚事很令人尷尬，她忍不住把視線降低，不小心看到了李賀東腳邊一把熟悉的淺色洋傘，她眨眨眼，確定那是自己遺失在山下家的傘。

「啊，這是綻放經理拿來給我的。」李賀東注意到了咲的視線，他將傘托起，「他前天特別拿來秉燭居給我的，說是猜想你在我這裡。」

隆主動去找李賀東？就自己對山下先生的瞭解，他一定是故意要將自己的過去跟李賀東講吧，如果自己不再屬於綻放，他一定會盡他所能詆毀自己吧。算了，這也不算是詆毀，而是事實。

「喔。」咲反應有點遲鈍地接過那把傘，覺得細細的一把傘捧在手中，比印象中的重量還重。

李賀興看咲的反應有點奇怪，貼心地換了一個話題，只說訂婚六禮雖然沒有要實拿，但還是得準備，他簡單說明了禮俗，並要咲不要擔心，他們會全準備好的。

「之後仰會帶人來找你丈量衣服。」李賀東接著說。

「所以，我什麼都不用準備？」咲侷促之下，還是勉強自己擺出輕鬆的態度，「出人就好嗎？」

沒想到李賀東理所當然地回應，「嗯，出人就可以了。」他很快地繼續說著，「另外，咲小姐再繼續住在林家，或許對林家不太方便。」

李賀東的原意是暫時為咲尋一個住所，沒想到五月很快地打斷了他，「不會呦，我很歡迎咲繼續住在這裡，我多一個人陪也很開心。」

咲覺得感動，此時卻只能露出一個略為虛弱的笑容，「謝謝。」

李賀東雖感覺到咲的心情波動，當下卻沒有多說什麼，「是嘛，既然林小姐都這麼說了。」

「那就住到婚禮吧。」五月拍板定案。

之後咲和五月送李家兄弟去搭車時，咲打開了自己久違的洋傘，才幾天不見，此刻卻覺得一人躲在傘下的感覺有點陌生。

李賀東故意慢下腳步，落後弟弟和五月兩步，漫步在咲身邊，「你有什麼事情需要託我轉告經理嗎？」他低聲問。

「真的不用。」咲抿抿嘴，「經理也是，不想要再看到我了。」

李賀東思忖幾秒，「就你之前對我描述，我認為隆對你是位很重要的友人，甚至是兄弟般的存在。」

「我們絕對不是這麼友好的關係，你誤會了。」咲有點沮喪，傘沿下壓，遮住了臉上半部，李賀東只看到她的下巴，幾縷髮絲散落在肩膀和鎖骨上，髮絲間隱約可以見到開始努力結痂的頸部割傷，「我現在真的什麼都不要了。」她一路向前，喃喃自語，「工作不要了，名字也不要了，連隆我也願意放棄了，請還給我自尊和人格。」

李賀東抓住她的手臂，停下腳步。咲一個踉蹌，還沒站穩就被拉進李賀東的懷中，和上次溫和止於客氣的擁抱不同，李賀東這次的手勁不小。

她的傘勾掉了李賀東的帽子，咲覺得肋骨被緊緊鎖在一個溫暖的胸口，一吐氣好像會不小心將肺部的空氣全部擠出。

李賀東的頭垂在咲的肩膀上，感覺到自己的臉頰緊貼著咲冰冷的耳墜，「你已經很努力了。」他像是嘆息般的低語，飄過她的耳邊，「我收回剛剛的強人所難，不要聯絡也沒關係，不要勉強。」

「……我有時候覺得一直待在這裡好痛苦，想去遠方。」咲將臉埋在李賀東的胸口，低低地說。

李賀東沉默了幾秒，才應了一聲，「我知道了。」

李賀東抱得很用力，咲一度覺得快窒息，卻懶得掙扎，在李賀興和五月為了他們停下腳步後，李賀東才鬆開自己，讓她吸上一口新鮮的空氣，他平靜地低下身拿起掉在地上的帽子，一手還是碰觸著她滾燙的手臂。

咲筆直地站在原地，表情無異，卻趁著這個空檔深呼吸了幾口，直到李賀東牽上自己的手，他們兩個才佯裝沒事般地繼續邁開步伐。

「雖然要結婚了，但這樣在路上摟摟抱抱不能看啊。」目睹了一切的李賀興掩著嘴調笑著，「再多抱幾分鐘，車子都要跑掉了。」

李賀東平靜地戴上帽子，走過李賀興，「你多講幾句話，車子才會跑掉。」

他們上車前，李賀東看來很擔心咲的狀態，又交代了一句，「你真的不要擔心，不管是以前的事，還是以後的事。」

「我相信你誠信可靠。」咲點點頭，「你也要相信我可以走出陰霾。」

「當然。」李賀東露出一個欣慰的笑容。

她突然理解五月前幾天對自己說的，「人要試著舒服一點地活著。」

其實沒有自己想像中的難，能跟別人傾訴說出心裡的真話，好像就覺得舒坦了不少。

X

等到咲的臉恢復得差不多後，兩人結伴到豐原，拜訪對方家庭。

咲藉此才知道，自己的母親已經改嫁了。因為改嫁的關係，她也沒對咲的婚姻插手或是做出評論，只是被動地接受了這個消息。在他們離開前，才唯唯諾諾說上一句，「有空可以多寫信回來，妹妹們接到信，都感到很驚喜。」

咲看著這位不滿四十，臉上卻滿是風霜，自己必須稱呼為母親的女性，承諾似地大力點點頭。

咲在地震後第二次到訪李賀東家，依舊沒見到李賀東法律上的母親，只有他父親還有李賀興出面招呼。

李家父親問了些基本的問題，像是：家庭環境、在哪裡認識的，還有將來的打算，可不可以幫李賀東管理秉燭居等等。

咲沒有說自己曾在綻放工作，只說自己生於頂南街的一戶人家，離李家不遠，眼前的李先生只是點點頭，也沒有要去拜訪的意思。

晚餐結束時已經是九點多，李賀東和李賀興被父親留下，咲理解他們想要進行私密的家族談話，也識相說時間晚了，自己需要先離開。

「那我就先把咲小姐送回家喔。」滴酒不沾的仰二話不說，攬下接送的工作。

「要不直接幫咲小姐收一間客房吧。」李賀興提議，「這樣仰太辛苦了。」

但大家長父親，似乎不贊成，並沒有出聲挽留咲。

仰露出一個姑且稱為微笑的表情，然後戴上帽子、穿上外套，「沒關係的，這是我應該做的。」

咲低調地像是一個沒有意見的人，沒說一句話。但也理解了李家對自己的態度，安靜跟著仰站起身。

兩人離開之前，迷迭香依稀聽到留在飯廳的三人提到了「滿州國」、「海關」之類的詞句，但只是模模糊糊聽到，並不知道在談什麼話題。

兩人在車上時一直默默無語，咲看著自己攤在膝蓋上的手，從指尖一直到帶疤的手腕，一直在思考著要不要先開口說話。

她並不確定仰先生是否還為始政紀念日那件事生氣，事情都過去幾個月了，讓她有空間平靜地想，仰先生一定是一心為李賀東好，自己那天或許真的不該纏著李賀東，同時又不甘心地覺得，自己沒有必要先道歉。

天氣稍微冷了，咲受不了夜晚的風，將車子的車窗搖上，但小小的車內空間更突顯兩人之間沉默無語、無話可說。

一陣沉默中，最後還是仰先開了口，「不瞞咲小姐說，我之前聽到東先生想和咲小姐結婚時，非常震驚，真的很震驚。」咲沒有質疑他為何要講兩次，也沒有搭話，原本想讓他繼續講下去，「但事情都進展至此了，只希望咲小姐之後能成為稱職的李太太。」

話說到這裡，咲倒吸一口氣，為了怕自己理解錯誤，急忙追問，「你這是要接納我的意思嗎？」

仰嘆了一口氣，「跟你講話真累。好吧，如果你要這樣理解，那就是這個意思吧。」

咲突然覺得一陣鼻酸。她一直覺得好孤單，孤身一人，只有被塑造出的迷迭香相伴，總覺得自己不屬於任何一個群體，現在居然有人願意接納自己，這一切都要感謝李賀東，不管是李賀興、仰還是五月，才願意來理解自己。

以前看著職場中如同公式般的桃色戀愛遊戲，總是想著，誰真的愛上了誰，這種事情怎麼可能會發生，是李賀東教會她怎麼樣去信任別人的善意，從而愛自己、愛別人。

但是眼淚還是不能掉下來，咲眨眨眼睛。她的妝容可是經不起這等風波，掉下淚眼線絕對會暈。

仰似乎也覺得這樣的坦誠談話並不符合自己的形象，他連忙換了一個話題。「東先生預約了照相館，你們四位就去照上一張吧，當做個紀念。」

「沒日沒節的，怎麼突然要拍照？」咲覺得仰轉換話題的方法有點生硬，但也拜此所賜，有點發酸的鼻子漸漸恢復正常。

「節日算什麼，人隨便做個決定都能改變人生走向，可見自身意志的決定比起什麼虛無飄渺的節日重要得多了。」仰控制方向盤，轉了一個彎，漫不經心地回答。

當時的咲還以為重大決定這個詞是指要步入婚姻這件事情。

***

最後在李賀興的建議之下，決定在街上一間名聲不錯的照相館內照相。

咲和五月到達時，李賀東、李賀興和攝影師已經坐在店中，三人開著收音機，收音機裡千篇一律廣告著始政四十博覽會的訊息。聽著廣播，李賀東突然提起了，就要舉辦的市會及街莊協議會員選舉，李賀興和攝影師自然是熱烈地討論起政治。

咲正對這個發展感到哭笑不得，李賀東卻突然站起，走到自己面前，「我有東西要給你。」

咲有點詫異，兩人關係明朗之後，李賀東有一段時間沒有露出這麼侷促的表情了。

他將一張票券鄭重交給自己。

咲原本以為是老早說好的博覽會票券，但定睛一看，是船票——

駛往滿州國的船票。

「想帶你去你想去的遠方，我拜託人打點，在滿州國暫時找了一份工作，在海關。」李賀東訴說著，「我們就去待上一陣子吧，就待到你想回來再回來就行了。」

咲愣上整整一分鐘，都不知道怎麼回答。

「太突然了嗎？」李賀東懊惱地皺皺眉，「滿州國其實不是這麼陌生，說國語也可以溝通，你不用擔心太多。」

這個驚喜來得太過突然，咲似乎喪失做出驚喜尖叫的行動能力，反而愣愣問了一句，「滿州國很冷吧？看來要準備大氅了。」

見咲接受了自己的決定，李賀東這才鬆了一口氣，他露出微笑，「啟程的日子是春天，不會太冷的，一定是開滿花的日子。」

咲忍不住分心注意站在李賀東身後的眾人，似乎臉上都帶著笑意地凝視著他們。現在是深秋，眼看就要冬天，室外庭院中只殘留著稀疏的植被。室內卻大相逕庭，人工排放著溫室培育的花朵，朵朵盛開，爭奇鬥豔。

載著五月和咲來的仰原本想要閃到一旁，卻被李賀與李賀東兄弟兩人喊了過來，說人都來了，就一起入鏡吧。

在攝影師架設著工具的同時，五人在佈景花海前自主地佔好位置，女士們優雅坐在椅上，男士們站在身後。

咲讓蓬鬆的頭髮自然垂落在肩膀和鎖骨處，手拘謹地放在大腿上，穿著素色前綴有扣子的長袖厚洋裝，半側身坐在畫面正中間，同時覺得跟前陣子比起來，白日漸短，一年眼看又要過了。

回想起來，還真是多事的一年。經歷了很多事情，有悲傷也有難過，忍受天災還有人禍，當下覺得是足以撼動整個世界的大事，現在已經成為可以平靜向他人提起的舊事。當然不全然是壞事，自己也受到了各方許多照顧，將來也還得繼續依賴別人苟活在這世上。咲有點驚訝地發現，自己對山下先生的憤恨，沒有想像中的深，畢竟還是得感念他帶自己走向人生的新階段。

這是好了傷口就忘了疼，還是誠如李賀東所說的，有朝一日我們可以正視過去，雲淡風輕地提起不堪回首的往事，就能獲得幸福及自由？最終所求的解脫又是什麼？依舊厭惡著自己嗎？老實說，咲仍然弄不懂自己的想法。

「好，大家看鏡頭。」攝影師鑽到攝影機後，開口想要讓五人注意力轉移到自己身上。咲朝鏡頭露出一個淺淺的微笑，感受到李賀東的手輕放在自己肩膀上的重量。

此刻，冬天來臨了，但感受著這隻手的重量，恍惚覺得自己的生命和人生已經走過最刺骨的寒冬。

她忍不住想像，啟程的日子是個開滿花的春日，在李賀東的陪伴下繼續延續，雖未來仍舊飄渺未知，但身邊有人可以牽著自己的手繼續走下去，她莫名有自信地這麼相信著。

後記

一定先要感謝的就是讓這本《綻放年代》得以獲獎出版的評審和鏡文學，還有許多在人生路上或是小說夢想上，幫助、支持過我的貴人們。

我從十四歲開始創作小說，其實一直在尋求出版機會（未果），也參加過許多的文學比賽（當然也是未果），創作了很多作品，而因年齡的增長而被掩埋的不成熟作品也不一而足，到了二十四歲這年得獎，兜兜轉轉剛好十年。活在這個十年的時間中，因為曾面臨各種挫折，很草莓地覺得十年很漫長，但到了得獎的那一刻，又覺得十年轉瞬即逝，而且花得非常值得。

《綻放年代》其實是在大學時期創作的，那一段時間都是下課後就跑到圖書館慢慢翻資料、慢慢磨人設、慢慢寫劇情、慢慢校對稿子。

會選擇一九三五年為背景，是因為我認為那時候的台灣正站在現代和過去之交，就像是《雙城記》中所說的：「這是最好的時代；也是最壞的時代。」女主和男主也分別置入了現代與傳統這兩元素——男主的名字是賀東、女主的名字則是日式的；男主的店名取自傳統的「何不秉燭遊」、女主的店是新潮的咖啡店；男主雖然開的是傳統裱畫店，但做的卻是新潮的藝術買賣、女主雖然是新時代的職場女性，卻因為傳統觀念束縛，自我批判為不守婦道的輕浮女人。

但總有些事情是普世，且能超越空間、時間的——就是愛。無論是男女的愛、親情的愛還是友情的愛，能感動人心的就是以愛之名下，人與人之間的互相包容、互相理解。

所以我從不諱言比起國仇家恨更喜歡小情小愛的主題，無論是自己的創作，抑或是平日閱讀小說、看電影的取向都是這樣。用托爾斯泰當作例子的話就是比起《戰爭與和平》，更喜歡《安娜・卡列尼娜》。

如果真要我提出幾個對於《綻放年代》啟發比較人的作品，應該可以說是《傲慢與偏見》和《傾城之戀》。後者是說就算一開始只是帶著目的性地選擇對象，但最終只要遇到對的人總會交付真心，一場香港的陷落，反而讓范白二人看清自己與對方的真心。所以綻放寫作時非刻意地也把這樣的心路歷程寫進去了，原本可能是毫無瓜葛的兩人，或者是女主角主動去勾引也會失敗的關係，因為共同面對了災難，就是那一瞬間的互相扶持，讓兩人的生命產生了交集。

再來談談《傲慢與偏見》，這部小說一向是我心中言情排行榜的第一名沒有之一，因為家中有一系列的兒童版世界名著，我大概在十歲上下就初次看過《傲慢與偏見》(兒童版)，當時看的時候其實沒有特別的想法，就是看一幕幕劇情的發展：男女主角去舞會、男女主角互相討厭、男女主角吵架、男女主角冰釋前嫌，最後，男主女主過著幸福快樂的日子。

但隨著年紀增長，看過其他版本，又從頭讀過幾次後，我很晚慧地驚覺《傲慢與偏見》

想要講的東西其實很古老、很有框架性。

首先，就如同小說開篇所說的：「有錢的單身漢總要娶位太太。」所以女性最終也都會步入婚姻。

但要怎麼樣過好你的人生，掌握你的婚姻生活呢？不能像大姊一樣懦弱，除非你也有一個開外掛的女主角妹妹，不然就會被男人甩掉；也不能像貝曼太太一樣無知無趣，會被老公看輕；如果像夏綠蒂一樣，只為了利益而結婚，和丈夫談不上話、沒有交心，就會過得很苦悶、度日如年；如果像莉蒂亞一樣只為了激情，不顧倫理，就會沒錢或是被丈夫拖累，過得很悲慘。

最好要像伊莉莎白一樣，足夠聰明，又不逾越倫理，中規中矩地活在框架內，才能得到好人生。

只是這些話如果隨機地當面和某一位女性說，一定會被翻白眼翻到後腦勺，但是用小說的方式一寫，這些道德教條就內化到故事中，完全不會有被人訓話的不悅感，這是再讀之後令人覺得神奇的地方。

綻放裡面的鈴蘭，其實就像《傲慢與偏見》裡的莉蒂亞，同樣飛蛾撲火，燃燒自己的激情，最終落得悲慘的下場，是警惕女主角以及讀者的角色。所以故事中的咲，是真的被鈴蘭的下場給嚇到了，又加上自己職業的性質影響，照理說她應該要更加不相信愛情。

只是，所謂的真愛就是會讓你打臉自己，並且在當下相信自己做了個絕對正確的決定、找到了那位one and only。就算在小說結局後，咲和李賀東的人生不如預期般順遂（畢竟看這年代二戰也近了呢），但那又怎麼樣呢？在你和那人牽上手的那一刻，就是打從心底相信他，也相信自己所決定的。人的一生中，有機會遇到那個讓你義無反顧的他就足矣。

全書在參加「鏡文學影視長篇小說大獎」的前兩、三年，其實早就完成，因緣際會下將舊作修改一番，參加比賽。只要想到小說有一點點的機會可以被改編成影視作品，能拍出帶著古樸和新潮融合的台中，就讓人很心動。沒想到幸得評審青睞，獲得這麼好的成績，讓我非常感激，也很激動。

最後，不只要再次感謝評審和鏡文學的賞識，也感謝現在正閱讀著這本書的你。我未來會繼續努力，創作出感動人心的小說。

鏡小說 018

綻放年代

作者：裏右
責任編輯：劉子菁、劉璞
責任企劃：劉凱瑛
美術設計：蔡尚儒
副總編輯：李佩璇
總編輯：董成瑜
發行人：裴偉

出版：鏡文學股份有限公司
11070 台北市信義區東興路 45 號 4 樓
電話：02-6633-3500
傳真：02-6633-3544
讀者服務信箱：MF.Publication@mirrorfiction.com

總經銷：大和書報圖書股份有限公司
242 新北市新莊區五工五路 2 號
電話：02-8990-2588
傳真：02-2299-7900

內頁排版：宸遠彩藝有限公司
印刷：漾格科技股份有限公司
出版日期：2019 年 7 月初版一刷
ISBN：978-986-97820-1-2
定價：320 元

國家圖書館出版品預行編目 (CIP) 資料

綻放年代 / 裏右著. -- 初版. -- 臺北市 : 鏡文學, 2019.07
面 ; 14.8×21 公分 . -- (鏡小說 ; 18)
ISBN 978-986-97820-1-2 (平裝)

863.57 108008902